LA INVASIÓN DE LAS ROBACHICOS

Cuarta novela de la serie Clique

LISI HARRISON

© De esta edición:
2009, Santillana USA Publishing Company, Inc.
2023 NW 84th Avenue
Miami, FL 33122, USA
www.santillanausa.com

Diseño de la portada:
© Little, Brown and Company
Reproducida y adaptada con autorización de Little, Brown and Company

Dirección editorial: Isabel Mendoza
Traducción: Patricia Porras-Ballard
Editora: Elva Schneidman

Alfaguara es un sello editorial del **Grupo Santillana**. Éstas son sus sedes:

ARGENTINA, BOLIVIA, CHILE, COLOMBIA, COSTA RICA, ECUADOR, EL SALVADOR, ESPAÑA,
ESTADOS UNIDOS, GUATEMALA, MÉXICO, PANAMÁ, PARAGUAY, PERÚ, PUERTO RICO, REPÚBLICA
DOMINICANA, URUGUAY Y VENEZUELA.

La invasión de las robachicos
978-1-60396-323-7

Published in the United States of America

15 14 13 12 11 10 09   1 2 3 4 5 6 7 8 9 10

Para Bubbie Rose

—¡Terminé! —Massie Block estiró los brazos hasta quedar como una *T*, y se desplomó de cara en la cama sobre la funda morada del esponjoso edredón. Ahora sentía la suavidad de las plumas de ganso en el cuerpo, pero las piernas le temblaban al ritmo de los latidos del corazón. ¿Quién diría que guardar veintiséis regalos de Navidad podía ser más agotador que ocho horas de compras en la Quinta Avenida?

Después de unos minutos de paz, los ambarinos ojos de Massie se abrieron llenos de pánico.

—¡Dios mío! ¿Qué hice, Bean? —exclamó, haciéndole señas a su perrita negra—. ¡Mi cama está revuelta!

Se empujó con los brazos para levantarse, haciendo uso de las últimas fuerzas que le quedaban y, una vez de pie sobre la alfombra blanca de piel de borrego, alisó el edredón y lo jaló por las esquinas para quitarle las arrugas. Al pasar la mano sobre la tela morada de algodón, admiró el dije de oro en forma de león que colgaba de su brazalete. Era el regalo de Navidad de Claire, y a Massie realmente le gustaba.

—Tiene doble significado —le dijo Claire al entregarle la cajita metálica roja en Navidad—. Es un Leo, por el símbolo zodiacal de tu cumpleaños. Y como es un león, como mi apellido en inglés, siempre te vas a acordar de quién te lo dio.

Massie recordó cómo se le había revuelto el estómago cuando Claire le dijo eso. Le había recordado que la familia de Claire estaba a punto de mudarse a Chicago. La sonrisa inocente de Claire demostraba que todavía no tenía idea de esos planes. Ahora que ya habían pasado las fiestas de fin de año, y que la escuela estaba a punto de volver a comenzar, Jay Lyons por fin le iba a dar la noticia a su hija. Massie vio la hora en su nuevo reloj Coach con correa de piel de becerro color caoba. En una hora, Claire se enteraría de todo.

Massie sacudió la cabeza. Se había esforzado para que su cuarto quedara perfecto, y se negaba a que la situación de Claire le empañara el momento. Ya habría tiempo más tarde para tristezas. Massie se puso las manos en la cadera y admiró su trabajo.

—Bean, no sé cuál de mis regalos me fas-ci-na más —la perrita estaba acurrucada en su nueva camita especial, tratando de mantener los ojos abiertos—. ¿Mi nuevo maniquí o mi colección de sabores Glossip Girl? ¡Me en-can-tan los dos!

Todos los años, para Navidad, a Massie le regalaban un nuevo maniquí hecho exactamente a su medida. Era la forma perfecta de probarse la ropa sin tener que cambiarse ni desarreglarse el cabello. Ahora mismo su maniquí tenía puestos tres Dixons, esos tubos de malla de colores que los editores de moda de *Teen Vogue* le habían regalado. Era un regalo de agradecimiento por haber sido modelo para el número de las fiestas de fin de año de la revista. Massie estaba encantada. Ya había pensado en treinta y siete maneras de usar un Dixon, y estaba segura de que podría pensar en otras más.

Massie no era la única que tenía su propio maniquí; este año

Santa Claus también le había traído uno a Bean.

La perrita de espuma plástica tenía puesto un suéter de lana color tinto, botitas Ugg color beige y una bufanda de cachemir cubierta de borlas de distintos colores. Era el atuendo para vestir después de la cena y Bean lo había escogido ella misma.

Al lado derecho de los maniquíes, junto a la puerta del clóset, había un largo anaquel de espejo con veintidós tubos labiales de brillo de distintos colores. Ahora que ella ya pertenecía al club Glossip Girl, todas las mañanas recibía un nuevo sabor exótico. Manzana acaramelada era el último sabor, y era delicioso.

Su enorme clóset estaba atestado de pilas de suéteres de cachemir de distintos colores, que había comprado en Aspen, junto con cuatro nuevos pares de jeans. Había logrado añadir siete nuevos prendedores con piedras preciosas falsas a su colección, que al ser ahora de veinticuatro prendedores, la hacía merecedora al título de "chica con más prendedores" en la OCD.

En un momento de alta creatividad, Massie los había prendido a un tablero rojo de corcho y colocado arriba del escritorio para que emitieran reflejos, como constelaciones de joyas, mientras hacía su tarea.

Sí, Massie estaba lista para el nuevo semestre.

Se sentó al escritorio y encendió su nueva computadora Power Mac G5. Ya había llegado el momento de compartir con el público sus listas de "IN" y "OUT", y para ello pondría las listas en un blog. ¿Qué mejor forma de ayudar a las perdedoras a estar al día de las últimas tendencias? Todo esto formaba parte de su resolución de Año Nuevo para ayudar a mejorar el mundo.

Mientras arrancaba el disco duro de la G5, Massie sonreía. Su influencia sería importante.

En el instante en que Massie entró en línea, apareció en la pantalla un aluvión de mensajes de bienvenida. Primero abrió el de Alicia Rivera.

HOLASHICA: Q TAL ASPN?
MASSIENENA: GNIAL. NIEV PRFECTA.
              Y ESPAÑA?
HOLASHICA: LOCA

Massie puso cara de fastidio. Cada vez que Alicia regresaba de visitar a su familia en España, actuaba como española. Hablaba con acento español y usaba demasiadas palabras, como loca y vale. Menos mal que a la mitad de la semana recordaba que era estadounidense cien por ciento y regresaba a la normalidad.

HOLASHICA: MI PRIMA NINA D 13 VINO CON NOSOTROS. VIN @ OCD EST SEMS-TRE. LA FIESTA D BIENVNIDA A WESTCHESTER ES MAÑANA X LA NOCHE. TODOS ESTÁN INVITADOS. TB LOS CHICOS D BRIARWOOD!

Massie sintió cosquillas en las plantas de los pies cuando leyó "chicos de Briarwood". La Academia Briarwood era conocida por dos cosas: su equipo de fútbol y sus adorables alumnos. Y el último flirteo, Derrick Harrington (o Derrington, como ella le decía en secreto), era ni más ni menos que una estrella en ambas categorías. Y, si recordaba bien, Nina, la prima de Alicia, no sería una amenaza.

Durante varios años, Massie había visto suficientes fotos de Nina para saber que era una completa PSR, Perdedora Sin Remedio. Su ropa era totalmente Sears, y su cabello estaba demasiado teñido y poco acondicionado. Parecía una foto de "antes" del programa *Extreme Makeover.*

Gracias a que Nina era un año mayor que Massie, había pocas probabilidades de que sus vidas se cruzaran. No había nada peor que ser vista con una alumna de intercambio poco agraciada.

Ding

Un mensaje de Kristen Gregory.

SEXYDEPORTIVA:	Q TAL ASPN?
MASSIENENA:	JA, JA!
SEXYDEPORTIVA:	ABUUURRIDA SIN TI.
MASSIENENA:	CÓMO ESTÁS?
SEXYDEPORTIVA:	CALVA
MASSIENENA:	???
SEXYDEPORTIVA:	MAMÁ ME MANDÓ A SUPRCUTS. ME DJARON CALVA. TNGO LA FEDORA D MI ABUELITO. ¿TIENS GORRAS BONITAS?
MASSIENENA:	NO! GORRAS ESTÁN "OUT"
SEXYDEPORTIVA:	IGUAL Q EL CORTE DE RYAN SEACREST!
MASSIENENA:	SEACREST ESTÁ "OUT"
SEXYDEPORTIVA:	Q GRACIOSA.

Luego Massie hizo clic en el mensaje de Dylan Marvil.

PELIRROJA: SUBÍ 3 LB EN LAS VACAS. +
GORDA Q SANTA
MASSIENENA: ???
PELIRROJA: HORRIBLE COMIDA EN TONGA. EN
LA ISLA COMEN SÓLO PAPAS FRI-
TAS CON SALSA TÁRTARA. A MENOS
Q T GUST EL PSCADO CON CABZA.
MASSIENENA: Q ASCO!
PELIRROJA: EST AÑO VA A SER HORRIBLE. ME
PGARON GRIPA EN EL AVIÓN. LOS
ENFERMOS NO DBEN VIAJAR EN
1RA CLASE.
MASSIENENA: D ACUERDO
PELIRROJA: PODRÍA SER PEOR. YO PODRÍA
SER CLAIRE. CÓMO LE CAYÓ LA
NOTICIA D CHICAGO?
MASSIENENA: SHHHH! TODAVÍA NO SAB

La respuesta del mensaje de Kristen interrumpió a Massie.

SEXYDEPORTIVA: X CIERTO. CÓMO LE CAYÓ LA
NOTICIA A CLAIRE?

La interrumpió de nuevo un mensaje de Alicia.

HOLASHICA: YA VIV CLAIRE EN CHICAGO?
MASSIENENA: T LLAMO.

Las campanitas que colgaban de la antena del celular de Massie repiquetearon cuando oprimió las teclas de marcado rápido para llamar a sus amigas. Esta conversación era demasiado confidencial para pasarla en el mensajero.

—¿Están locas? —Massie les gritó a las chicas en el teléfono—. Claire pudo haber estado sentada junto a mí.

Antes de continuar se fijó para asegurarse de que la puerta estuviera cerrada.

—Les dije que nunca hablaran de Claire y de Chicago antes de que se supiera públicamente —explicó Massie.

—"Pónder" —dijo quedamente Kristen.

—¿*Qué?* —contestaron todas.

—Es una palabra desordenada —dijo Kristen, como si fuera obvio—. Estuve tan aburrida en las vacaciones, que terminé once libros de palabras desordenadas. Me gustan más que los crucigramas.

—¡Perdón! —gritó Alicia.

—¿Qué? —dijo Massie, dándole un golpecito con el pulgar a una de las campanitas.

—"Pónder" es una palabra desordenada; quiere decir perdón —aclaró Alicia.

Massie podía imaginarse su sonrisa orgullosa, con esos perfectos dientes blancos resplandeciendo contra su piel dorada.

—Esperen, ¿eso quiere decir que Claire *todavía* no sabe que se va a ir a vivir a Chicago? —preguntó Dylan.

—Sip —dijo Massie, suspirando.

—"¡On ol croe!" —dijo Kristen.

—¡Pues ve creyéndolo! —contestó Massie lo más rápido que pudo: Alicia no era la única que podía descifrar palabras desordenadas—. El señor Lyons va a decírselo a ambas familias esta noche en el country club de mi papá.

—¿Cómo es que sabes todo eso? —preguntó Dylan, en tono exigente.

—Todd, el hermanito de Claire, me da información secreta. Todo lo que tuve que hacer fue comprarle el nuevo juego de antología de Atari. Ahora me dice todo lo que escucha a escondidas.

—No se vale, yo quiero tener un Todd —gimió Alicia.

—*Yo* soy tu Todd —respondió Massie.

—¡Ay!, ¿cómo pudiste guardar el secreto todo el tiempo que estuvieron juntas en Aspen? —preguntó Kristen—. Ustedes dos están taaan unidas; creí que se te iba a escapar en algún momento.

—No fue fácil —explicó Massie, ignorando el sarcasmo de Kristen—. No quise arruinarle el viaje.

—¡Qué linda! —exclamó Dylan, con falta de sinceridad. Luego cambió el tono a uno serio—. Quizás va a estar mejor en Chicago, y las cosas por aquí al fin podrán volver a la normalidad.

—Sip —contestó Kristen.

Massie se pasó los dedos por el sedoso pelo negro y suspiró.

—¿Qué están tratando de insinuar? —preguntó, aunque ya sabía la respuesta.

—Nada —respondió Alicia, tratando de calmar los ánimos—. No están insinuando nada.

—Miren —dijo Massie—, la familia de Claire ha estado viviendo en nuestra casa de huéspedes desde septiembre, y ha sido una verdadera lata. Nadie lo sabe mejor que ustedes. Y ahora que Claire y yo decidimos dejar de fastidiarnos, resulta que ustedes se molestan. No entiendo; pensé que les daría gusto.

—Nos da gusto que hayan dejado de fastidiarse, pero ¿tenía que convertirse en tu mejor amiga para siempre? —dijo Dylan y se sonó la nariz.

Era obvio que Kristen, Dylan y Alicia estaban celosas. Y Massie no estaba de humor para teatritos. Inhaló profundamente y exhaló lentamente, dejando escapar la tensión que le causaban sus amigas. En los últimos meses habían tenido tantos pleitos, y Massie deseaba ansiosamente que el año nuevo fuera divertido.

Alguien tocó ligeramente a la puerta de su cuarto.

—Me tengo que ir —susurró Massie.

—¿Dijimos algo malo? —Alicia sonaba preocupada.

—No, acaba de llegar Claire.

—¡Puf! —dijo Dylan entre dientes.

—Siempre está ahí —dijo Kristen antes de colgar.

Massie cerró rápidamente el celular y apagó la computadora.

—Entra.

Cuando Claire abrió la puerta, se quedó atónita. Abrió sus azules ojos a más no poder y se quedó boquiabierta. Parecía un emoticono sorprendido.

—No lo puedo creer.

—Yo tampoco —dijo Massie, fijándose en los zapatos de Claire—. ¿En serio pensabas usar *esos* en el Country Club High Hills esta noche?

—Pensé que te gustarían mis nuevos tenis altos de camuflaje —Claire extendió la pierna derecha y apuntó el pie como bailarina de ballet—. No son Keds; son Converse.

—Sé lo que son —Massie frunció el ceño, al tiempo que repasaba con la mirada los desteñidos jeans de Gap hasta la cintura y la blusa floreada con botones de vaquero nacarados.

—Sabía que te iban a gustar —sonrió Claire—. Le envié una foto por e-mail a Cam, y me dijo que él se compró unos idénticos en las vacaciones. Te juro que a veces parecemos más gemelos que novios.

—¿Así que ahora son novios oficialmente? —Massie preguntó, aparentando cierta indiferencia. No quería que Claire supiera cómo la afectaba esa noticia. ¿Cómo no la iba a afectar? Claire había conseguido un novio antes que ella. Eso no debió haber pasado.

—Sip, me acaba de pedir que sea su novia —se sonrojó Claire—. ¡Fue tan lindo! Me envió una invitación electrónica de noviazgo.

Massie aparentó que la distraía una pelusa en la manga de su suéter.

—Le contesté que sí —dijo Claire y soltó una risita.

Massie se quedó mirándola.

—¡Qué bien! —dijo, forzando una sonrisa—. Pero eso no cambia el hecho de que estés pensando en usar tenis de camuflaje en un country club.

Claire puso cara de fastidio y sonrió.

Massie se sintió tentada a decirle que ella no usaría esos tenis ni siquiera para recoger el excremento de Bean. Sin embargo, esta noche no podía ser mala.

—Tu cuarto es fan-tás-ti-co —Claire cambió de tema.

Massie soltó una risita al escuchar a Claire usar una de sus expresiones. Después de todo, la imitación es la forma más sincera de la adulación.

—Gracias, ¿quieres ver mi ropa nueva? —Massie movió los

brazos como lo hacen las presentadoras en los programas de concurso.

—¡Ah!, claro —dijo Claire, pero tenía los ojos clavados en la colección Glossip Girl de Massie.

—Ponte lo que quieras para ir al club esta noche. Massie empujó la puerta del clóset para abrirlo. Cuando jaló la boa de plumas moradas que colgaba del interruptor de la luz del techo, el clóset se iluminó con una cálida luz naranja y una esfera de discoteca comenzó a girar emitiendo haces cuadrados de luz blanca hacia las paredes.

—Parece que estamos en Benetton —dijo Claire, admirando la colorida selección.

—Más bien se parece a Bergdorf. Toma —Massie descolgó un suéter de cachemir color caramelo con cuello desbocado y se lo puso a Claire sobre los hombros. Luego tomó sus jeans oscuros de Juicy Couture y un par de botas Marc Jacobs color aguamarina, con tacones de dos pulgadas—. Usa esto y remángate los jeans para que se vean las botas.

—¿Por qué me dejas usar tu ropa nueva?

—El club tiene reglas de vestir.

Con los jeans en los brazos, Claire frunció el entrecejo.

—¿Cuáles son esas reglas?

—Estar en la onda —contestó Massie con una sonrisa juguetona.

Claire soltó una risita y se encogió de hombros. Antes de sacarse los jeans, Claire se vació los bolsillos.

—¿Quieres uno? —preguntó, ondeando una bolsita de plástico transparente frente al rostro de Massie. Adentro había muchos gusanitos de goma formando una bola pegajosa.

—Ummm, okey —dijo Massie, tratando de ser amable.

—¿En serio? —Claire retiró la bolsita—. Pero si odias el azúcar.

—No es cierto —dijo Massie—. ¿Te acuerdas de las mentas que me robé del mostrador de la recepción del hotel, cuando fuimos a esquiar?

Ambas soltaron una carcajada cuando se acordaron de cómo se veían los bolsillos de Massie. Estaban tan repletos que casi no podía caminar.

—Sip, pero no te los comiste; los tiramos desde la telesilla —dijo Claire, sonriendo.

—Me comí unos cuantos. —Massie metió la mano en la bolsita húmeda. No podía haber estado más asqueada, aunque los gusanitos hubieran sido de verdad.

—¡Oh!, toma —Claire le arrojó su cámara digital a Massie.

—¿Para qué la cámara?

—Pensé que podríamos bajar las fotos de nuestro viaje a tu nueva computadora —Claire se dejó caer de espaldas en la cama de Massie. Forcejeaba tratando de abrocharse los jeans.

—Ummm, ¿podrías...? —Massie estaba a punto de pedirle a Claire que se levantara de la cama, pero ya era demasiado tarde. El edredón ya estaba aplastado.

—Pensé que podríamos enviarle las fotos buenas a Cam —Claire sonaba como si alguien le hubiera dado un puñetazo en el estómago, hasta que por fin pudo abrocharse los jeans—. Quiero mostrarle cómo la pasamos de bien en Aspen. También le tenemos que enviar algunas a Derrington.

A Massie le dio vuelta el estómago al escuchar el nombre de Derrington. No había podido dejar de pensar en él durante las vacaciones, aunque lo había intentado con toda su alma. Se preguntaba si él la había extrañado a ella siquiera la mitad de lo que ella lo había extrañado a él. Lo tuvo en mente cuando abría los regalos de Navidad y cuando esquiaba en Aspen. Massie no tenía idea por qué le llamaba tanto la atención un chico que usaba shorts en invierno, y que insistía en menear su desnudo trasero en público, por lo menos tres veces a la semana. Sí, su enmarañado cabello rubio y sus animados ojos castaños lo hacían verse más guapo que la mayoría de los alumnos de Briarwood y, sí, era el jugador más valioso del equipo de fútbol, pero era más que eso. Era el hecho de que él había cambiado los jeans Diesel, que Massie le había comprado para Navidad, por dos pares de shorts multibolsillos. Por un lado no había sido cortés, pero por otro lado era interesante. Derrington era la única persona que no le tenía miedo. Y por eso Massie lo respetaba.

—Tengo que preparar las fotos con Photoshop. No voy a mandar ninguna en la que no nos veamos fan-tás-ti-cas.

—Okey —Claire asintió, poniéndose el suéter de cuello desbocado.

La aguda voz de Kendra Block se escuchó por el intercomunicador blanco que estaba en la mesita de noche de Massie.

—Salimos al club en cinco minutos —dijo.

—...key, ma —le gritó Massie a la cajita blanca.

—¿Cuál será la gran sorpresa de mi papá? —sonrió Claire y se mordió el labio inferior. Se apoyó en el escritorio de Massie para poder ponerse las botas color aguamarina. Parecía que el cuello desbocado le tragaba la cabeza al agacharse para abrochárselas—. Apuesto a que quiere celebrar la primera "A" que me he sacado en español. O, a lo mejor, por fin vamos a cambiar el Ford Taurus por un auto nuevo.

Claire se tambaleó por el cuarto de Massie, tratando de mantener el equilibrio sobre los tacones.

—Espera, ya sé; apuesto a que van a comprar una casa en Aspen junto a la de ustedes para que podamos pasar las navidades juntos. ¡Eso sería genial! La emoción hizo que Claire perdiera el equilibrio. Se tambaleó unos segundos antes de caerse de cara en el trasero del maniquí de Bean, lo que hizo que se derrumbara el maniquí de Massie. Los dos maniquíes se desplomaron sobre Claire. En un instante quedó sepultada bajo una maraña de brazos, piernas y patas.

—¡Dios mío!, ¿estás bien? —Massie se alegró de que Claire no pudiera ver su sonrisa.

Un apagado ¡uf! fue todo lo que pudo escuchar.

Massie comenzó a carcajearse tan fuerte que casi no podía respirar. Luego se le llenaron de lágrimas los ojos. Antes de que pudiera evitarlo, los dientes le castañearon y comenzó a llorar de verdad.

Claire logró salir de debajo de los maniquíes, sacudiéndose de la risa. Sus mejillas, normalmente pálidas, tenían un poco de color.

Cuando por fin pudo respirar, Claire, algo preocupada, observó a Massie.

—¿Estás llorando? Porque la que debería estar llorando soy yo —dijo, sobándose el codo.

—No —Massie se secó las lágrimas—, se me salen las lágrimas cuando me río mucho.

No era totalmente cierto, pero era mejor que decir: "Estoy

llorando porque eres lo más cercano que tengo a una hermana y no soporto la idea de que te vayas".

—Siento mucho lo de los maniquíes; no creo que se hayan roto —Claire se sacó las botas color aguamarina y se puso sus tenis altos de camuflaje.

Mientras Claire se los abrochaba, Massie volvió a fijarse en su propio atuendo. Sus nuevos jeans True Religion y el blazer de tweed color chocolate con el cinturón de terciopelo eran perfectos para el club. Pero el atuendo necesitaba algo más. Massie se subió al escritorio para poder escoger del tablero de corcho el prendedor verde en forma de trébol de cuatro hojas y se lo puso en la solapa del blazer. Iba a necesitar toda la suerte del mundo.

—¡Ay! —dio un grito.

—¿Qué te pasa?

—Me pinché el dedo —Massie se fijó en la gotita de sangre del dedo y sacudió la mano en el aire para evitar el ardor.

—¿Te duele? —le preguntó Claire—. ¿Necesitas una curita?

Massie se chupó el dedo, pensando en lo que se venía.

—No, no es nada. El resto de la noche iba a ser más doloroso.

Antes de que Claire Lyons llegara a vivir en Westchester, lo más cercano que había estado de un prestigioso country club había sido la recientemente renovada YMCA de Orlando.

Ahora estaba de pie bajo un enorme y resplandeciente candelabro en el vestíbulo del salón comedor del Country Club High Hills, rodeada de floreros repletos de rosas rojas con tallos muy largos. A Claire se le hizo agua la boca por el rico aroma de carnes asadas que llegaba desde la cocina. Ahora ya quedaban atrás para siempre los días en que una hamburguesa doble con queso de la Y podía impresionarla.

Un hombre de mediana edad, rasurado a ras y luciendo un sobrio esmoquin, tomó varios pesados menús de terciopelo rojo de la estación del capitán de meseros.

—Por aquí, Sr. Block —dijo, haciendo una señal con la cabeza para guiar a las dos familias a través del salón comedor, silencioso a pesar de estar muy concurrido.

Todd, el hermanito de diez años de Claire, se le pegaba a Massie más de lo normal, y Claire se preguntaba por qué ella lo toleraba. Normalmente, Massie encontraba la forma de alejarlo. Sin embargo, ahora pareciera que estuvieran confabulando, intercambiando miradas cómplices. Por un instante Claire se preguntó si a Massie la habían poseído unos extraterrestres que preferían niños mimados y pelirrojos.

—¿Qué les pasa a ustedes dos? —les preguntó Claire—. ¿Traigo un moco colgando o qué? Se pasó la mano por la nariz.

—No, todo está bien —dijo Massie. Sus ojos color ámbar no titilaban como de costumbre.

—¿Estás segura? —preguntó Claire.

—Definitivamente —Massie abrió su bolsa de cuero castaño y comenzó a buscar algo como si tuviera mucha urgencia. Claire sabía que sólo estaba haciendo tiempo para encontrar algo que decir, pero no sabía por qué.

Serpentearon entre las mesas en un incómodo silencio hasta que escucharon un sonido raro.

Aunque era como el graznido de un ganso, en realidad fue un eructo de Todd. Claire instantáneamente olvidó sus sospechas y estalló en carcajadas. Sus papás, Jay y Judi, voltearon de inmediato y fulminaron a sus hijos con la mirada. Kendra y William Block fijaron la vista en los enormes ventanales al otro lado del salón, como si no hubieran escuchado nada.

—Perdón —dijo Todd, encogiéndose de hombros.

Massie intentó ocultar con la mano una sonrisita engreída, pero el movimiento de los hombros la delató. Claire sonrió. Le fascinaba cuando Massie perdía el control, y Claire quería ver más. Comenzó a tragar aire.

—COUNTRYCLUBHIGHHILLS —eructó al oído de Massie.

Massie soltó una risa socarrona, que de inmediato apagó los delicados sonidos metálicos de los cubiertos plateados con monograma del club.

—Muuuy bien —dijo Todd, chocando las palmas en alto con su hermana.

—¡Ya basta! —dijo Kendra entre dientes. Tomó los extremos de la piel de zorro que adornaba su blazer, intentando cubrirse aún más el largo y delicado cuello.

Claire miró el atuendo de su mamá y puso cara de fastidio. El suéter negro J. Crew con cuello en V estaba cubierto de pelusa blanca y un montón de pelos sueltos.

—Espero que esta mesa sea de su agrado, Sr. Block —dijo el capitán haciendo un gesto con la mano. Luego movió una silla de terciopelo azul para ofrecérsela a Kendra.

—Perfecta, Nivens —William se enderezó la corbata dorada—. Gracias.

—Sí, gracias, amigo —dijo Jay Lyons. El saco azul que se había puesto estaba arrugado, y llevaba una camisa de franela a cuadros. A Claire le resultaba difícil entender que los dos papás fueran amigos.

Una vez que todos se sentaron a la mesa, y les sirvieron vino a los adultos y cocteles Shirley Temple a los menores, William alzó su copa y los demás hicieron lo mismo.

—A mis queridos amigos y vecinos —levantó más la copa—. Jay, ¿ahora sí nos puedes decir cuál es la gran sorpresa? Kendra y yo estamos cansados de tratar de adivinar.

Todos se rieron nerviosamente, excepto Massie, que fijó la mirada en el regazo y trató de arreglarse las cutículas con la espadita de plástico que traía su coctel. Claire se movió hacia adelante en la silla. ¿Tendría el anuncio de su papá algo que ver con la casa en Aspen o con un auto nuevo?

—¡No quiero vivir en Chicago! —protestó Todd. Tenía el rostro enrojecido y se le llenaron de lágrimas los ojos castaños.

Massie levantó la cabeza de golpe y le dio a Tood un

puñetazo en el brazo.

—Massie —Kendra agarró su cuchillo de plata para mantequilla y lo presionó con firmeza contra la mesa.

—Todd, ¿a qué te refieres? —Jay le preguntó a su hijo. A Claire no le gustó el tono que usó su papá. Era un tono de sospecha, no de preocupación.

—Yo ya lo sé —dijo Todd, tratando de contener el hipo que le había dado, y comenzó a llorar al mismo tiempo—. Nos vamos a vivir a Chi-ca-go... y yo no quie-ro ir.

—¿Has estado escuchando nuestras conversaciones a escondidas? —preguntó Jay con brusquedad.

—¡Un momento! —con un gesto de la mano, Claire intentó calmar el ambiente y participar en la conversación—. ¿De qué está hablando Todd?

Sus papás inhalaron profundamente, pero parecía que nunca iban a exhalar. Kendra Block le dio vueltas al anillo de diamantes Tiffany que tenía en el dedo anular. William se desabotonó el saco del traje, apoyó los codos en la mesa y entrelazó las manos. Claire podía ver que los nudillos se le pusieron blancos. Massie se mordía el labio inferior mientras se pulía la manicura francesa.

—¿Sabes de qué están hablando? —preguntó Claire, volteándose a mirar a Massie.

Massie se sonrojó, pero no levantó la mirada.

—¿Lo sabes? —dijo Claire con voz resquebrajada, empujando el brazo de Massie, como si tratara de despertarla de un profundo sueño—. ¿Lo sabes?

—Claire, no grites —dijo Judi, inclinándose hacia adelante.

—¿Pueden calmarse todos? —susurró Jay—. Esto es algo

bueno… Me ofrecieron un magnífico trabajo en Chicago, y decidí aceptarlo —agregó con una sonrisa forzada.

—¿Qué? —dijo Kendra, irritada. William le puso suavemente la mano en el brazo. Ella se cubrió la boca con una servilleta de tela color crema y sacudió la cabeza.

—Miren, encontré una casa con cuatro recámaras y suficiente lugar en el jardín trasero para una tina de hidromasaje. Y pueden ir a pie a la escuela. ¡Va a ser fantástico!

—¿Estás hablando en serio? —Claire dio un alarido—. ¿En serio estás hablando en serio? Sentía que la garganta se le cerraba y estaban a punto de brotarle las lágrimas.

—Por fin me estoy divirtiendo, ¿y quieres que lo deje todo?

Claire pensó en las exclusivas piyamadas de los viernes en la noche, a las que por fin ya la habían invitado. También pensó en la nueva amistad que había hecho con Layne, Dylan, Kristen y Alicia. Luego apareció en su mente el adorable rostro de Cam, su novio. Sintió un hormigueo en las manos húmedas. Esto no podía estar sucediendo.

Claire buscó la mirada de Massie como apoyo, pero sólo encontró su perfil.

—¿Por qué estás tan callada?

Massie pudo mirar disimuladamente a Todd por el rabillo del ojo, sin mover la cabeza.

—¡No! —gritó Claire—¿Ya lo sabías? ¿Él te lo dijo?

—Hijo, te voy a castigar —dijo Jay.

Todd empujó su plato con crujiente pan francés hacia el centro de la mesa.

—A partir de ahora, Todd Lyons está en huelga de hambre. Si nos vamos de aquí, *nunca más* probaré un bocado —dijo tratando de reprimir el hipo.

—¡Yo no me voy! —Claire dio un puñetazo en la mesa, haciendo caer la copa de su papá y derramando el vino tinto. El líquido, que parecía sangre, corrió hacia Claire y le empapó el suéter color caramelo.

—¡Oh, Massie! Lo siento mucho —dijo Claire, mirándose la mancha en el suéter de Massie. Aunque apenas podía ver, porque tenía los ojos llenos de lágrimas.

—Debiste habérmelo dicho. Esto no hubiera sucedido si me lo hubieras dicho —siguió diciendo Claire, mientras se secaba las lágrimas.

—Lo siento —Massie dijo en un susurro.

—¿Listo para ordenar, *Monsieur*? —preguntó el entusiasta joven, ignorando los ojos humedecidos de lágrimas de todos.

—*Nada* para mí, gracias —le gritó Todd al mesero, empujando la silla de la mesa y corriendo hacia el baño.

—Todo lo que quiero es una niñez normal —dijo Claire a nadie en particular.

—Ummm, lo mejor sería que fuéramos a casa y pidiéramos un par de pizzas —le sugirió Jay en voz baja a William.

William se pasó nerviosamente la mano por la calva, se rió entre dientes y miró en dirección del mesero.

—No es mala idea —dijo, metiendo la mano en el bolsillo del pantalón y sacando tres billetes nuevos de la billetera—. Lo siento, Franco —le dijo al mesero metiéndole los billetes en el bolsillo del saco—. Acabamos de recibir malas noticias.

—Comprendo, Sr. Block —dijo Franco, entrelazándose los dedos por detrás de la espalda.

—Yo voy por Todd —dijo Judi, suspirando.

—Te acompaño —dijo Kendra.

Ambas familias se levantaron de la mesa.

Claire sentía los ojos hinchados y pesados. El cuerpo le dolía, como cuando le daba fiebre. Tenía que salir de ahí. Claire dio una vuelta repentinamente y salió de golpe del comedor, secándose las lágrimas con una fina servilleta color crema. No le importaba que esos presumidos miembros del pretencioso club le clavaran los ojos, mirándola fijamente por encima de los bifocales Chanel. En ese momento, le parecían insignificantes actores extras en la película de horror que era su vida.

Claire podía escuchar los dijes de la pulsera de Massie, que tintineaban mientras se apresuraba a alcanzarla. Claire se negaba a caminar más despacio. Echó a correr, atravesando el vestíbulo y dejando atrás las rosas rojas que antes le parecieran tan alegres. Ahora deseaba poder tirarlas al piso y arrojarle los floreros de cristal a la cabeza de su egoísta papá. Un amable viejito abrió la puerta de vidrio para dejarla salir, y Claire pasó frente a él, sin siquiera darle las gracias.

Nadie dijo una sola palabra cuando estuvieron bajo los focos de calefacción, esperando sus autos. Finalmente, les entregaron el Bentley de los Block y el Taurus de los Lyons.

—Papá, ¿puede venir Claire con nosotros? —preguntó Massie.

—No —Jay contestó por William—, Claire debe regresar con nosotros.

—Me voy caminando —dijo Claire, cubriéndose la boca y enjugándose las lágrimas. La sola idea de estar cerca de su papá le causaba náuseas. No podía ni mirarlo.

—Yo también —agregó Todd.

—*Métanse al carro* —insistió Jay.

—Te odio —dijo Claire, con la vista en la puerta del auto beige, mientras la abría de golpe.

—¿Podemos hablar de esto con calma? —sugirió Jay una vez dentro del auto y con la mirada fija en el camino. Claire y Todd no contestaron.

—Está bien —dijo Jay. Hizo girar la llave, arrancó el auto y manejó hacia el portón del club.

Sólo se escuchaba el rítmico sonido de la señal direccional. Sonaba más fuerte de lo normal y parecía estar riéndose de Todd y Claire.

Clic-clic-clic
Clic-clic-clic
Clic-clic-clic
Chi-ca-go
Chi-ca-go
Chi-ca-go

Claire comenzó a morderse las uñas, que tanto había cuidado para que le crecieran durante las vacaciones de Navidad. ¿Qué debía hacer ahora? Todo lo que podía hacer era mirar la cabeza de su papá y planear su escape. Ya la habían sacado de su ambiente una vez por culpa de él, y había resultado un infierno. Durante tres meses Massie y el resto del Comité de las Bellas la habían martirizado. Le habían puesto pintura roja en sus pantalones deportivos blancos, le habían arrojado salmón ahumado, y habían escrito mensajes de texto crueles acerca de su ropa, de su cabello y de Layne, su amiga.

Bzzzz, bzzzz, bzzzz

Claire sintió algo que vibraba contra su cadera. Inmediatamente abrió el cierre del bolsillo interior de su chaqueta para esquiar y sacó el celular.

—¿Qué es eso? —preguntó Judi.

Bzzzz, bzzzz, bzzzz

Claire se sentó rápidamente sobre el teléfono.

—¡Ah...! —miró a Todd, desesperada para que la cubriera. Si sus papás descubrían que Massie le había comprado un celular para Navidad, se lo quitarían. Por alguna razón esperaban que cumpliera dieciséis años antes de que pudiera formar parte de la civilización moderna.

—Perdón, me tiré un pedo —anunció Todd.

Judi puso cara de fastidio y volvió a mirar hacia adelante.

—Gracias —le dijo Claire a Todd, articulando para que le leyera los labios.

Todd le hizo un guiño. Cuando dejó de vibrar, Claire tomó el celular y lo silenció. Luego se lo metió debajo del abrigo y discretamente revisó la pantalla. Tenía un mensaje de texto.

MASSIE:	NO T PREOCUPS. A MI PAPÁ SE LE VA A OCRRIR ALGO
CLAIRE:	???
MASSIE:	ESTÁ HABLANDO CON MI MAMÁ D ESO. ELLA ESTÁ LLORANDO
CLAIRE:	YO TB
MASSIE:	☹
CLAIRE:	AYÚDAME
MASSIE:	CLARO... T VO EN CASA

Claire suspiró. Volvió a meter el celular en el bolsillo de su chaqueta y rogó para que ocurriera un milagro.

Jay volvió a poner la señal direccional y siguió al Bentley de los Block hasta la entrada circular de la mansión. Claire ladeó la cabeza y miró hacia la gran residencia de piedra. Por alguna razón se veía distinta de como la había visto cuando llegaron de Orlando, durante el fin de semana del Día del Trabajo. Seguía pareciendo una antigua mansión inglesa, rodeada de un enorme césped, con caballeriza, piscina y canchas de tenis. Incluso la casa de huéspedes era igual. Sin embargo, con el paso del tiempo, la severa imagen se había suavizado y ahora parecía más cálida. La mansión ya no parecía tan imponente ni amenazadora. Sólo parecía un hogar… su hogar.

Jay apagó el motor. El aire se sentía pesado y silencioso.

—¿Podemos hablar de esto con calma? —preguntó Jay. Su chaqueta de cuero crujió cuando volteó el rostro hacia el asiento posterior.

—¡No! —contestaron Judi, Todd y Claire. Jay sacudió la cabeza.

—Imposible —balbuceó Jay, abriendo la puerta del auto para bajarse a la entrada para coches cubierta de grava. Las piedritas parecían quejarse al sentir los pasos descuidados de los zapatos Rockport de Jay. Claire sabía exactamente cómo se sentía la grava.

William ya estaba esperándolo.

—Jay, ¿podemos pasar a mi estudio para hablar de esto? —dijo, ayudándolo a cerrar la puerta del Ford Taurus.

Claire puso atención para escuchar la respuesta de su papá. *Por favor, di que sí, di que sí….*

—William, mi decisión está tomada. Ésta es una gran oportunidad y…

—Entonces tomemos una copa de oporto para que me cuentes de qué se trata —William empujó a Jay suavemente con el codo hacia los escalones de entrada de la mansión.

Jay suspiró, dejando escapar una nube de vaho de la boca. Dio la vuelta y siguió a William.

Claire cruzó los dedos en señal de suerte y se bajó del auto.

Veinte minutos después Judi, Claire y Todd estaban sentados en el piso de mármol afuera del estudio de William, en piyama, comiendo pizza directamente de la caja. Kendra estaba sentada en una de las sillas del comedor, mordisqueando verduras crudas con *hummus*.

—No puedo creer que estén comiendo en el piso. Parecen animales salvajes —susurró Kendra—. Judi, ¿estás segura de que no quieres una silla?

—Shhhhh —dijeron todos. Tenían los ojos clavados en las altas puertas de madera.

—Todd, mi amor, por favor, come algo —dijo Judi, empujando la caja a medio terminar hacia su hijo—. Dejarte morir de hambre no va a hacer que tu papá cambie de opinión.

Todd se cruzó de brazos y miró hacia otro lado. Judi probablemente pensó que estaba siendo terco; pero por la mancha de grasa en la sudadera gris de Briarwood, Claire sabía que Todd tenía una o dos rebanadas escondidas para comérselas más tarde.

—Tengo que ir al baño —Todd dio la vuelta para evitar que su mamá viera la mancha, y se levantó.

Cuando regresó, diez minutos después, tenía los labios

brillosos y se había cambiado de sudadera; pero las mamás no se dieron cuenta. Estaban demasiado ocupadas tratando de imaginarse cómo sobreviviría la una sin la otra.

—No puedo empezar de nuevo —sollozó Claire—. No puedo hacerlo. Una lágrima rodó por su mejilla y se le quedó colgando de la barbilla. Sacudió la cabeza y la vio caer en el pantalón de su piyama de Strawberry Shortcake.

—No te des por vencida todavía. Mi papá nos prometió que resolvería esto —dijo Massie.

—Pero, ¿y si no puede? —susurró Claire.

—Siempre consigo lo que quiero —le aseguró Massie.

Massie me quiere, pensó Claire. Sintió el impulso de abrazar a su amiga y de no soltarla nunca más; pero no tuvo que hacerlo, Massie la abrazó primero.

Claire sintió algo punzante en la espalda. Abrió los ojos y levantó la cabeza del piso frío. Una punta de la puerta del estudio se le estaba clavando en la columna vertebral.

—¡Ay! —gimió, sentándose y cruzando las piernas.

—Perdón —susurró Jay, pasando con cuidado por encima de ella—, no tenía idea de que estaba acercándome a una operación de vigilancia.

Claire esbozó una sonrisa, pero dejó de sonreír al recordar que estaba enojada con él.

Massie, Todd y Judi seguían durmiendo en el piso. Kendra se había recostado contra el respaldo de la silla. Tenía los ojos cerrados y la boca bien abierta.

—Son las dos de la mañana —dijo William, dando varias palmadas y despertando a todos.

Claire lo miró buscando algún indicio de lo que habían hablado durante las últimas cinco horas, pero sólo vio un rostro pálido y cansado. Tenía los ojos azules inyectados de sangre y se le empezaba a notar la barba. Nunca lo había visto tan mal. Jay se veía igual de descuidado, pero Claire estaba acostumbrada a ver a su papá así.

—¿Entonces? —Massie saltó para ponerse de pie.

Claire se arregló el cabello. Se preguntó cómo Massie podía seguir viéndose tan bonita, incluso después de haber dormido en el piso duro.

—¿Por qué no vamos todos a la cocina? —sugirió William—. Me gustaría comer algo.

—Dinos ahora —Massie le rogó—. ¡Por favor!

—¡A la cocina! —insistió William.

Todos siguieron a los papás. Claire, Massie y Todd se sentaron en los tres taburetes junto al mostrador, y los adultos se sentaron a la mesa del desayunador. De inmediato se enfocaron en el video de Ashanti en el TV de pantalla plana incorporado a la puerta del refrigerador, hasta que Kendra lo apagó.

—¿Quieren que les prepare algo de comer? —Kendra les preguntó a Jay y a su marido.

Ellos asintieron con la cabeza, demasiado cansados para responder.

Kendra se levantó y se dirigió al microondas. Lo hizo a un lado y le habló a la pequeña cajita blanca que estaba detrás.

—Inez, ¿puedes venir a la cocina? —Kendra tuvo que repetirlo tres veces antes de obtener una respuesta.

—Por supuesto, Sra. Block —respondió por fin una voz soñolienta.

Inez llegó a la cocina arrastrando los pies. Tenía puestas pantuflas y una bata floreada. Se lavó las manos y comenzó a sacar ollas y sartenes.

—Un sándwich es suficiente —le dijo William con una sonrisa comprensiva.

—Está bien —asintió Inez.

—¡Papáaaa! —dijo Massie, suplicando—. Dinos ya.

—Me parece que Jay es quien debe hacerlo —dijo William, restregándose los ojos.

Claire deseó poder oprimir una tecla de pausa en un control remoto, y vivir ese momento para siempre. Las posibilidades de los próximos segundos eran demasiado aterradoras.

Jay respiró profundamente y luego puso la cabeza entre las manos.

—Nos vamos a mudar.

—¿Qué? ¡No! —gritó Claire, y comenzaron a brotarle las lágrimas.

—¡Papá! —gritó Massie, con voz suplicante—. Pero si tú dijiste que…

—Déjenlo terminar —insistió William.

—Nos vamos a mudar de la casa de huéspedes por un par de semanas para hacerle una renovación completa —dijo Jay, mirando a su esposa con una sonrisa orgullosa.

—¿Qué? —preguntó Judi.

—William me ofreció un buen aumento de sueldo y una promoción, y me dijo que podemos renovar la casa de huéspedes.

Kendra parecía asombrada.

—Mi amor, siempre dijiste que querías remodelar —dijo William, abrazándola.

—Kendra, tú y yo podemos trabajar juntas en el proyecto —a Judi se le iluminaron los ojos. Kendra sonrió aplaudiendo.

—¡Proyecto de invierno! —exclamó alegremente.

—¡Vivaaa! —Massie, Claire y Todd saltaron de sus taburetes y se abrazaron. Siguieron saltando y gritando.

Claire pensó de inmediato en Cam y deseó que él estuviera ahí también. La invadió una ola de alivio, y comenzó a llorar todavía más fuerte que antes; pero éstas eran lágrimas de felicidad.

Inez puso dos sándwiches de tocino, lechuga y tomate en pan multigrano frente a los papás, y pudo escaparse de la cocina sin que nadie se diera cuenta.

—¿Dónde vamos a vivir durante la renovación? —preguntó entonces Judi.

—En un hotel cercano —contestó Jay.

William abrió la boca lo más que pudo para darle un mordiscón al sándwich de tres capas.

—¡Tonterías! —Kendra sacudió la cabeza—. Van a vivir con nosotros durante la etapa de renovación.

William se quedó helado, con el sándwich a unas pulgadas de los labios.

—¡Oh!, relájate William. Sólo será durante unas cuantas semanas. Nadie trabaja más rápido que los hermanos Daley.

—¡Perfecto! —sonó la voz de Todd como si hubiera mejorado al doble su puntuación de Underground 2. Se inclinó hacia Claire para hablarle al oído.

—Por fin voy a ver a Massie Block en paños menores.

—Shhh —Claire no se quería perder ni un segundo de la conversación de sus papás.

—Voy a entrar a Internet a ordenar un equipo de espías.

—No te atrevas —dijo Claire, entre dientes—. Se lo voy a decir a papá.

—Está bien —asintió Todd con la cabeza—. Al mismo tiempo le podemos avisar de tu celular.

Claire se cruzó de brazos y volteó a ver a sus papás.

—Todd, tú puedes usar el cuarto de huéspedes que está junto al de Massie —dijo Kendra.

—¡Estupendo! Gracias, Kendra —dijo, con una sonrisita malévola.

—Jay y Judi, ustedes pueden tomar el dormitorio de arriba, en el desván —continuó diciendo—. Y como Inez tiene el dormitorio del piso de abajo, Claire tendrá que compartir el dormitorio con Massie.

—¡Vivaaa! —exclamó Claire—. Gracias a todos. Esto va a ser muy divertido. Corrió alrededor de la cocina abrazando y besando a los adultos. Todo había salido mejor de lo que pudo haberse imaginado. Compartir un cuarto con Massie sería como volver a vivir lo que disfrutaron en Aspen. Podrían quedarse toda la noche hablando acerca de Cam y de Derrington, y tendrían más confidencias de las que ya tenían. Éste definitivamente iba a ser un año perfecto. Le dio dos besos a su papá en la frente y lo abrazó lo más fuerte que pudo.

—Te adoro —le dijo, con una sonrisa radiante.

—Claro, ahora sí me quieres —dijo Jay, riendo.

Claire se volvió hacia Massie con los brazos abiertos.

—¡Esto va a ser fantástico!

—Fantástico —dijo Massie tranquilamente, pero su sonrisa se desvaneció por completo.

—¿De veras es ésta la casa de Alicia? —le preguntó Claire a Massie mientras subían los escalones de piedra que conducían a la puerta de entrada de caoba. Se quedó boquiabierta al ver la aldaba de hierro fundido en forma de gárgola—. Esta mansión bien podría tener puente levadizo y dragones que arrojan fuego.

—Espérate a verla por dentro.

Un mayordomo muy bronceado, protegido contra el frío por un abrigo largo de piel, les daba la bienvenida a los invitados.

—Nombre, por favor —dijo, con la mirada clavada en una pila de papeles en el sujetapapeles.

—¡Eh!, Alvie —Massie se abrió paso para adelantarse.

—¡Oh! Buenas tardes, señorita Block —dijo, alzando la cabeza—. ¿Y ella es...?

—Claire Lyons; viene conmigo.

—Muy bien —dijo Alvie, extendiendo la mano enguantada en blanco hacia el picaporte de bronce y abriendo la puerta. Entonces quedó al descubierto lo que bien podría ser una galería de arte de Manhattan—. El guardarropa está junto al tocador —Alvie se quedó mirando el maltratado bolso de cuero rojo que Massie arrastraba por el piso.

—Gracias, Al.

Un hombre delgado, de pelo canoso peinado hacia atrás, se adelantó hacia Massie, sujetando delicadamente una etiqueta de plástico entre el pulgar y el índice.

—Permítame —le dijo.

Y así, de repente, su bolso desapareció.

Los Rivera siempre organizaban sus fiestas en el vestíbulo, porque era el único lugar que no estaba repleto de costosos muebles antiguos. No obstante, a aquel salón en realidad no le faltaba nada.

El cielo raso era tan alto que había que inclinar la cabeza totalmente hacia atrás para poder admirar el vitral del domo. Los cientos de cuadros al óleo, en elaborados marcos dorados, que adornaban las enormes paredes, nunca dejaban de impresionar a los adultos; pero Massie prefería la colección de extrañas máscaras orientales que colgaban entre los cuadros. Los ojos de las máscaras parecían seguirla, sin importar a dónde se dirigiera.

Un grupo de niños correteaba, subiendo y bajando por la escalinata en espiral que parecía brotar del centro del salón. A Massie le parecía una versión gigante del sacacorchos que Franco, el mesero del club, usaba para abrir la botella de vino de su papá. El pasamanos de bronce estaba decorado con cintas rojas y amarillas, probablemente en honor a la bandera de España. Además, un estandarte en letras plateadas brillosas, que decía "BIENVENIDA, NINA", colgaba del pasamanos.

Las meseras les ofrecían a los invitados tapas en bandejas de plata y los meseros daban copas de sangría sin alcohol. Cientos de velas anaranjadas iluminaban el salón y su cálido brillo titilaba al ritmo de la desenfrenada música flamenca.

—¿Por qué nunca diste una fiesta de bienvenida para mí? —le preguntó Claire a Massie. Se quitó la chaqueta de esquiar azul celeste y se la entregó a una adolescente vestida con el atuendo blanco y negro del servicio doméstico.

—Porque no eras bienvenida —sonrió Massie.

Claire le dio un empujoncito juguetón a Massie.

—¡Cuidado con mi atuendo! —Massie se acomodó la torera de piel artificial blanca que le cubría los hombros, y se aseguró de que su prendedor de piedras falsas en forma de gato negro le quedara exactamente bajo el escote—. Ésta es la primera vez que voy a ver a Derrington en muchas semanas. ¡Tengo que verme perfecta!

—¡Lo estás! —dijo Claire, efusivamente—. Ese vestido verde de satén te queda pre-cio-so.

—Es de chifón —Massie se fijó si el vestido tenía arrugas por el viaje en el auto—. ¿Se me ve bien el rizado en zigzag? ¿O parece que metí la cabeza en un acordeón?

—Ya te dije que me fascina —dijo Claire, acariciando el cabello rizado que zigzagueaba enmarcando el rostro de Massie—. Hoy vas a lanzar una nueva moda; me lo estoy oliendo. Y simuló oler el aire.

Massie soltó una risita.

Antes de su viaje a Aspen, Massie nunca le hubiera mostrado a Claire su lado inseguro. Sin embargo, estos días pasaban más tiempo juntas que si fueran hermanas, y se cansaba de tener que actuar con seguridad todo el tiempo. Además, Massie sabía que Claire no era del tipo que usaría esa información para hacerle daño.

—¿Crees que le gusto a Derrington? —susurró Massie

cuando se acercaban al grupo de alumnos de séptimo grado y sus padres.

—Sólo hay una forma de averiguarlo —Claire señaló hacia el pie de la escalinata—. Ahí están. Tomó a Massie del brazo y la jaló hacia el apretado grupo de alumnos de Briarwood, que rodeaba a Derrington con su Game Boy plateado.

Derrington estaba sentado en el tercer escalón de la escalinata rodeado por sus compañeros del equipo de fútbol, Cam Fisher, Chris Plovert y un chico nuevo que Massie nunca había visto antes. Con los codos descansando sobre las rodillas desnudas, Derrington movía sin parar los pulgares y las muñecas. Estaba tan metido en el juego que se tuvo que quitar con el brazo el mechón de cabello que le estorbaba frente a los ojos. Vestía lo mismo de siempre: shorts multibolsillos y botas de excursionismo. La única diferencia era el blazer gris y la corbata negra que llevaba sobre el jersey. En general, se veía mejor que antes de las vacaciones, como si lo hubieran exfoliado y sacado brillo.

Massie se sintió débil y la embargó un hormigueo, como si todas las células del cuerpo se hubieran convertido en burbujas de Coca Cola de dieta y se le hubieran quedado atrapadas bajo la piel.

—¡No me jales! —Massie se quitó el brazo de Claire y se puso con firmeza las manos en la cadera.

—¿Qué pasa? —preguntó Claire. La sonrisa de seguridad en su rostro parecía burlarse del miedo que paralizaba a Massie—. ¿No quieres saludarlo?

¡Por supuesto que eso era lo que más quería hacer! Había esperado tres interminables semanas para volver a ver a Derrington. Sin embargo, ahora no era el momento; no estaba preparada. ¿Qué le diría, especialmente ahora que estaba rodeado de todos sus amigos? Y lo que era más importante, ¿cómo se le veía el cabello?

—Tranquilízate, Claa-ire —susurró Massie—. Cuando se trata de chicos, lo mejor es actuar con curiosidad, no con interés. Inmediatamente se arrepintió de usar ropa de chifón. Si sudaba, el chifón no lo ocultaría.

—Pero Cam ya sabe que estoy *interesada* en él. Y Derrington ya sabe que te gusta. Ustedes se comunican por e-mail todo el tiempo.

Massie se acomodó la torera para asegurarse de que le cubriera las manchas de sudor que se le estaban formando en las axilas.

—Eso fue el año *pasado* —Massie se frotó los labios con el último sabor de Glossip Girl—. Éste es un nuevo año, y podrían haber conocido a otras chicas en las vacaciones.

—¿Quién se está comiendo una dona? —preguntó Dylan, metiéndose entre Claire y Massie.

Las tres chicas gritaron entusiasmadas por el encuentro. Dylan abrió los brazos, preparándose para un gran abrazo, pero Massie se quedó inmóvil, con las manos pegadas a los muslos. Si alguien llegaba a ver sus axilas húmedas, tendría que cambiarse de escuela. Dylan seguramente se dio cuenta de que Massie titubeó, porque se dio la vuelta para abrazar a Claire.

—¿Ese olor viene de tus labios? —preguntó Dylan, cuando soltó a Claire y se inclinó para olfatear el rostro de Massie.

—Es mi nuevo brillo —Massie sacó de su bolsa el tubo brillante como un espejo, y se lo enseñó a Dylan agitándolo en el aire—. Se llama Krispy Kreme. Me llegó ayer.

—Huele muy fuerte —Dylan se echó un brillante rizo rojizo detrás de la oreja—, me llega el olor, aunque tengo la nariz tapada —dijo, sin poder contener la tos.

—¡Uf!, cúbrete la boca. —Massie se rió y abanicó el aire con la mano.

—Admítelo —dijo Dylan, dando un paso atrás—. Lo que pasa es que te avergüenzas de que te vean conmigo porque estoy gorda.

—¿Gorda? —Claire dio un grito ahogado de asombro—. Pesamos lo mismo.

—Ojalá fuera cierto —Dylan se fijó en el trasero pequeño y redondo de Claire.

—Dylan, ¿estás llena de basura? —preguntó Massie.

—No —contestó Dylan, tirando de su caftán de seda verde oscuro.

—Entonces, ¿por qué te comportas como una bolsa de basura Hefty?

Claire echó la cabeza hacia atrás y se rió con ganas. Massie frunció el ceño. Sabía que su chiste había sido ingenioso, pero no pensó que fuera digno de una ruidosa carcajada.

Massie le echó a Claire una mirada que decía: "¿Qué tiene de gracioso?"; pero Claire estaba demasiado ocupada para darse cuenta, dándose palmadas en el muslo y mirando a hurtadillas a Cam con el rabillo del ojo.

—¡Genial! —Massie quedó impresionada instantáneamente por la estrategia de Claire de demostrarle a Cam cuánto se estaba divirtiendo, y se unió a las risas.

Derrington se quitó el cabello rubio enmarañado que le cubría los ojos y se les quedó mirando directamente. Misión cumplida. Claire parecía saber más acerca de cómo atraer a los chicos que J.Lo.

—¿Se están riendo de mí? —Dylan gimoteó—. Los problemas de peso no son cosa de risa.

—Literalmente —Massie y Claire volvieron a irrumpir en más carcajadas exageradas.

—¿Dónde está el chiste? —estaban demasiado ocupadas fingiendo esas risas para notar que alguien más se había unido al grupo.

Massie estaba a punto de decirle al extraño chico, que tenía puesto un sombrero de fieltro con ala curva, que se ocupara de sus propios asuntos, cuando escuchó una risa flemosa que le era familiar. Era Kristen.

—¡Dios mío! —Massie se golpeó el pecho con la mano.

—Sí, ya lo sé —rezongó Kristen.

—Déjame ver —Massie le levantó el sombrero—. Estoy segura de que no está *tan* mal.

Kristen le dio un manotazo.

—¡Huy! —se quejó Massie.

Dylan soltó una risita, cubriéndose la boca con la palma de la mano, y Claire volvió a irrumpir en otra carcajada histérica.

—No me causa gracia, ¿okey? —se quejó Kristen—; parezco un "vanró".

Dylan y Claire se miraron confundidas.

—Varón —dijo Massie, articulando la palabra para que le leyeran los labios.

—¡Oh! —contestaron de la misma forma.

—Tuve que robarle este sombrero a mi abuelito —confesó Kristen—. Se pasó veinticinco minutos buscándolo anoche después de la cena, y ahora mi abuelita quiere que vaya al médico, porque está convencida de que está empezando a perder la memoria.

—¿Y ese vestido de encaje? —preguntó Massie—. ¿Se lo robaste a tu abuelita?

—¡No! —dijo Kristen, dando un fuerte pisotón—. Sólo quiero parecer femenina.

—Bueno, pues yo traje las gorras que me pediste —le aseguró Massie —. Están en el guardarropa.

—Gracias —la expresión severa de Kristen se suavizó.

A Massie le llegó un ligero aroma a perfume Angel, y volteó rápido a ver de dónde venía.

—Sabía que eras tú por el perfume —le dijo a Alicia.

La belleza de cabello negro como azabache estaba de pie justo afuera del círculo cerrado; llevaba una bandeja de plata con etiquetas y marcadores. Su tosco collar turquesa y su vestido de satén color crema resaltaban contra el color bronceado de su piel.

—¡Te ves fan-tás-ti-ca! —Dylan se deshizo en elogios.

—Me fascina tu cabello, lo tienes tan "goral".

—Largo —tradujo Massie.

—¿Te parece? —Alicia abrió los ojos negros a más no poder y se pasó los dedos con uñas con manicura por el brillante peinado. El cabello parecía mecérsele hacia adelante y hacia atrás en cámara lenta antes de quedar en su lugar, y a Massie le pareció que estaba mirando un comercial de Pantene. Si a Alicia tan sólo le saliera un barrito o si necesitara frenos o cualquier otra cosa, sería más fácil mirarla. Tal y como era, su rostro era tan perfecto que dolía enfocarse en ella más de unos cuantos segundos. Era como mirar de frente uno de los focos UV en el salón de bronceado *Sun of a Beach*.

—¿Bajaste de peso? —preguntó Dylan.

—No —Alicia se miró el estómago como para confirmar—. No lo creo.

—Posiblemente te crecieron las tetas —sugirió Dylan.

—¡Uf!, ¡Qué horror! —se quejó Alicia, alzando la bandeja para cubrirse los pechos.

Massie se jaló suavemente el cabello rizado en zigzag, deseando no haber escogido la primera fiesta del año para experimentar, aunque en realidad nadie parecía notarlo.

—¿Dónde está Olivia? —preguntó Claire.

—Tiene mononucleosis —Alicia fijó la mirada en los marcadores de su bandeja.

—¿Esta vez son las tetas? —dijo Massie tosiendo.

Todas se rieron, excepto Alicia. Puso cara de fastidio, levantó la naricita hacia el vitral del domo y se quedó así hasta que las demás dejaron de reírse. Massie seguía sin comprender por qué a su mejor amiga le agradaba tanto Falsi-via, pero sabía que era mejor no preguntar. Desde que Alicia había tratado de formar su propia *clique*, Massie había tenido mucho cuidado de no hacer nada que pudiera alejarla de nuevo. Le asustaba la idea de volverse a pasar todo un semestre peleando con sus amigas, especialmente cuando había tantas perdedoras a las cuales podía dedicarse a fastidiar.

—¿Ya vieron al nuevo chico de Briarwood? —susurró Alicia—. Es a-do-ra-ble.

—¿Les parece que soy un vampiro? —preguntó Massie.

—¿Qué? —preguntó Alicia.

—Entonces, ¿por qué sigo a oscuras? —preguntó Massie—. Detalles, por favor.

—Se llama Josh Hotz. Es un alumno transferido de Hotchkiss —Alicia hizo unas comillas en el aire cuando dijo "alumno transferido". Se inclinó acercándose y continuó—; pero yo escuché que lo habían expulsado por haber hecho sonar la alarma de incendio antes de un examen importante.

Un muchacho de cabello oscuro con una gorra de los Yankees de Nueva York y un blazer azul marino se abrió paso entre la gente. Llevaba un vaso de Ginger Ale con una cereza flotando y una brocheta de camarones.

—En sus marcas, listas, ¡fuera! ¡A alcanzarlo! —Alicia le entregó la bandeja a Dylan y se dio vuelta para alejarse—. No me esperen despiertas.

—¿A dónde vas? —gritó Dylan con voz aguda—. ¿Qué hago con esto?

—Son etiquetas —le contestó Alicia, volteando hacia atrás—. Todos tienen que escribir su nombre en una etiqueta antes de que Nina haga su entrada.

Massie observó a Alicia siguiendo a Josh entre el gentío, deseando tener las mismas agallas para acercarse a Derrington.

Dylan comenzó a llenar para sus amigas las etiquetas que decían "HOLA, ME LLAMO_____", y se las fue pegando en la ropa. Estaba a punto de poner una en la cami de seda rosa de Claire, cuando Massie le sujetó la muñeca.

—¡No! —dijo Massie—, no quiero que se quede el adhesivo en mi blusa nueva.

—Ya me parecía que era una "Massie" —asintió Dylan—. No por ofenderte, Claire, pero no podía imaginarte comprando ropa de Trina Turk. Es más, pensé que era una copia barata de H&M.

—Massie me dejó usarla —dijo Claire, sin ofenderse.

—Pensé que habías dicho que cualquier cosa que deba lavarse con Woolite es ZP —Kristen se puso las manos en la cadera y volteó a ver a Massie.

—¿Qué es ZP? —preguntó Claire.

—Quiere decir "zona prohibida" —gritó Kristen, furiosa—. Pero me imagino que no lo sabrías, ya que obviamente eso no se aplica a tu caso.

—Y ¿es ése tu bolso? —Dylan señaló el bolso rosa metálico con volados de YSL, que colgaba de la muñeca de Claire.

—Sip —dijo Massie, mirándose la uña del pulgar con esmalte plateado—. ¿Y qué?

—¿Y qué? Dijiste que no prestabas nada de la línea de este año de YSL —dijo Dylan, irritada.

—Bueno, es un nuevo año —Massie miró directamente a los ojos verde esmeralda de Dylan, dejando en claro que daba por terminada la conversación. Se daba cuenta de que éste no era el mejor momento para decirles a sus amigas que Claire iba a compartir su cuarto. Estaban un poco celosas, y no quería restregarles eso en las narices. Además, tendrían que acostumbrarse a su amistad... algún día.

—¿Rollitos de mariscos? —preguntó una mesera, ofreciéndoles bocadillos fritos.

—¿Qué tal si intercambiamos? —Dylan tomó la bandeja y le entregó a la mesera la de las etiquetas—. Asegúrese de que todos reciban una. Le dio la espalda a la mesera y se metió un rollito en la boca.

—¿Alguien más quiere uno? —preguntó Dylan, saboreando el bocadillo.

—Claro —Claire tomó un rollito y lo untó en la salsa de ciruela. Cuando se lo estaba metiendo en la boca, le cayó salsa en la cami de Massie.

—¡Qué bueno que hay Woolite! —dijo Kristen, sonriendo burlonamente.

—¡Qué horror! Lo siento —Claire se sonrojó y sus brillantes ojos azules se tornaron azul marino—. Voy a ahorrar el dinero que me dan mis papás y te voy a comprar otra; te lo prometo. Tomó de la bandeja un montón de servilletas de coctel doradas y comenzó a limpiarse la mancha que tenía arriba del pecho izquierdo.

—Okey —dijo Massie, pero el corazón le latía tan rápido que se imaginó que se le salía del pecho, y que golpeaba a Claire hasta dejarla tirada de cara al piso, pidiendo clemencia—. Voy a buscar agua con gas…

—Intenta con esto —dijo alguien, metiendo una mano misteriosa en el grupo. Tenía una bolsa de corazones rojos de canela en una mano y una servilleta húmeda en la otra.

—¡Cam! —una gran sonrisa iluminó el rostro de Claire.

Massie percibió el olorcillo que denunciaba a Cam Fisher, producido por una mezcla de Drakkar Noir con chicles Big League con sabor a uva. Como era normal, tenía puesta la vieja chaqueta de cuero de su hermano; pero ahora, en vez de usar una andrajosa camiseta sin mangas, Cam tenía puesto un jersey de fútbol del equipo Tomahawks de Briarwood. Sostenía un vaso con agua, mientras Claire remojaba la servilleta y se limpiaba la mancha.

—¡Eh! —murmuró Derrington—, escuché que había un concurso de camisetas mojadas por aquí. Los ojos color caramelo le brillaban traviesamente.

Massie sintió que le ardían las mejillas y fijó los ojos en Claire, para evitar la mirada de Derrington. En el instante en que éste se volteó hacia su siempre bronceado amigo Chris Plovert, que por algún motivo estaba usando muletas, Massie lo examinó de arriba abajo.

Derrington se veía bien. Tenía el cabello de un largo perfecto. En unas dos semanas iba a necesitar cortárselo, pero por ahora le lucían muy bien los mechones que le caían algo desordenados sobre las pestañas. Infortunadamente, seguía usando shorts en invierno, pero las rodillas no se le veían tan huesudas como antes de las vacaciones. Seguramente se le habían desarrollado músculos en el campamento de patinaje. Hasta donde Massie podía darse cuenta, seguía midiendo lo mismo.

—Bueno, ¿no me vas a preguntar cómo me fue en el campamento de patinaje? —le preguntó a Massie.

Ella le dio vueltas al arete de diamante que tenía en la oreja y ladeó la cabeza hacia un lado. Massie creía que se veía mejor con la cabeza inclinada que erguida.

—En realidad les iba a preguntar por qué están usando jerseys de fútbol en una fiesta formal, aunque opcional; pero si quieres comenzar por el campamento de patinaje, está bien —comentó Massie.

Derrington bajó la cabeza y sonrió fijándose en su jersey. Levantó la vista hacia Massie, como si estuviera mirando por encima de lentes imaginarios.

—Es por buena suerte —contestó Derrington—; una vieja

superstición. Todo lo que tenemos que hacer es ganarle a los de la Academia Grayson la próxima semana, y llegamos a la final, lo que sería formidable, porque en los últimos diez años…

Massie no tenía idea, ni le importaba, de qué estaba hablando Derrington. Aun así, asentía con la cabeza y entrecerraba los ojos, para que él creyera que la tenía totalmente absorta. Sólo podía pensar en el "laguito" de sudor que se le estaba formando sobre el labio. ¿Sería descortés aplicarse una nueva capa de brillo mientras se habla con alguien? ¿Creería él que ella era una ordinaria, si se limpiaba los labios con la mano? ¿Sería más ordinario dejar el "laguito" de sudor ahí mismo? ¡Uf!, la vida era más sencilla cuando no tenía ningún interés sentimental.

—Y vamos a ganar —Derrington saltó y se dio la vuelta al mismo tiempo, de tal forma que su trasero quedó en el interior del círculo de amigos. Luego lo meneó y se dio unas cuantas palmaditas. Chris, Cam, Claire, Kristen y Dylan soltaron una carcajada.

—¡No seas infantil! —Massie puso cara de fastidio y lo empujó de forma juguetona fuera del círculo.

—¡Por favor! Sé que te fascina mi trasero —dijo Derrington, bromeando.

—¡Cómo no! —Massie se enfureció consigo misma por no tener una mejor respuesta. ¿Por qué la pila en el cerebro le dejaba de funcionar en cuanto aparecía Derrington?

—Tienes que ir el viernes a vitorear. Puedes ser mi amuleto de buena suerte —Derrington sonrió de oreja a oreja.

—Por supuesto que estaré ahí. Me *fascina* el fútbol — Massie volvió de inmediato a la conversación.

—Perfecto —la sonrisa de Derrington era tan sincera que

Massie también tuvo que sonreír. El resplandor en sus ojos castaños le confirmó que no había conocido a otra chica en el campamento. De todos modos, para asegurarse...

—¿Tu campamento era para chicos y chicas? —preguntó Massie—. Kristen estaba planeando ir el año próximo, pero le dije que me parece que es sólo para muchachos, ¿verdad Kristen?

Massie abrió los ojos muy grandes para avisarle a Kristen que le siguiera la corriente.

—¡Ah!, sí —Kristen se acomodó el sombrero. A Massie le quedó bien claro que su amiga no tenía ni idea con qué estaba de acuerdo.

—Lo siento; es sólo para muchachos —dijo Derrington, sonriendo—; pero Kristen, si usas ese sombrero a lo mejor puedes entrar.

—Muy chistoso —dijo Kristen, poniendo cara de fastidio—. Este año como arquero fuiste un fiasco. Sería mejor que pasaras menos tiempo patinando en el hielo y más tiempo practicando fútbol.

Plovert y Cam se rieron del comentario de Kristen. Massie se unió a ellos, aunque no tenía idea de qué debían hacer los arqueros además de ser "fiascos".

—¿De qué te ríes Plovert? —Derrington sacudió la cabeza—. Te rompiste el tobillo en cuanto llegamos ahí.

—Sí, y te apuesto que sigo siendo mejor en el arco que tú.

Todos se rieron excepto Massie. Esperaba que sólo estuvieran bromeando. Una cosa era estar relacionada con un chico que usaba shorts en invierno si era el atleta estrella; pero si era un fiasco, todos pensarían que era un perdedor. Y eso la convertiría a ella en una perdedora aún mayor por "andar" con él. Massie cerró los ojos y rogó por los Tomahawks. Era crítico para su reputación que ganaran el partido del viernes.

—No hay nadie mejor que él —Todd se abrió paso dentro del círculo y le puso el brazo en los hombros a Derrington.

—Todd, ¿qué estás haciendo? —Claire le preguntó en un tono que no dejaba dudas de que quería que se fuera.

—Se me ocurrió venir a saludar a mi nueva compañera —Todd soltó a Derrington y le guiñó un ojo a Massie. Su amiguito Nathan se cubrió la boca con una manita y soltó una risita alegre—. Ahora que vivimos juntos creo que es mi deber estar al pendiente de ti.

—¿De qué está hablando Todd? —Kristen le preguntó a Massie—. ¿Por qué dice que es tu nuevo compañero?

—¿Viven juntos? —preguntó Derrington. Infortunadamente, no sonaba celoso, sólo sorprendido.

Massie quería clavarle los tacones de sus zapatos de Jimmy Choo a Todd en la nariz. Esto era peor que cuando lo descubrió fisgoneando en su piyamada. Lo último que quería hacer en esta fiesta era pelear con sus celosas amigas acerca de su situación en casa.

—¿No te enteraste? —le preguntó Todd a Kristen—. Resulta que vivimos…

—Sí, Todd, todo el mundo sabe que ustedes viven en nuestra casa de huéspedes. Y en un minuto van a saber que le hablas a…

—Vámonos, Nathan —Todd tomó a su amigo de la delgada muñeca y lo jaló hacia el resto de los invitados—. Me gusta esa niña sexy que está junto a las bandejas con verduras.

Massie estaba haciendo todo lo posible por evitar la mirada de Claire, sabiendo que posiblemente se preguntaba por qué no podía decir que estaban viviendo bajo el mismo techo.

—¡Su atención, por favor! —Nadia, la mamá de Alicia, exclamó desde lo alto de la escalinata. Massie dio un profundo suspiro de alivio cuando Claire volteó para poner atención. La crisis se había esfumado.

Nadia tenía puesto un vestido estampado color café oscuro, sin tirantes, y un ridículo collar de plumas de pavo real. Llevaba el cabello recogido en la parte de arriba de la cabeza, adornado con un pañuelo dorado. Aunque no había trabajado como modelo desde hacía quince años, parecía que Nadia acababa de llegar a casa directamente de la pasarela. Volvió a pedir la atención de los presentes una vez más. Finalmente, paró la música y disminuyó la charla hasta ser sólo un murmullo, seguido de silencio.

—A mi esposo Len y a mí nos da mucho gusto darles la bienvenida a nuestro hogar —dijo con un fuerte acento español, y Massie tuvo que hacer un esfuerzo por comprender lo que estaba diciendo—. Ustedes bien saben que siempre estamos buscando cualquier excusa para reunirnos con nuestros amigos. Algunos adultos comenzaron a aplaudir y Nadia agradeció con una sonrisa cortés.

—Y esta noche es muy especial porque tenemos una excusa muy bella, y se llama Nina.

Aplausos.

Massie miró a su alrededor buscando a la invitada de honor, pero todavía no aparecía. Nadia probablemente estaba tratando de engrandecerla, ya que era muy poca cosa.

—Mi sobrina ha venido de España a pasar el semestre con nosotros. Así que levanten sus copas y acompáñenme a darle la bienvenida a Westchester, a Nina Callas.

—¡Bienvenida, Nina! —brindó Nadia.

—¡Bienvenida, Nina! —brindaron también los invitados.

De una de las habitaciones salió una chica alta y delgada, y se acercó, como si flotara, a lo alto de la escalinata. De pie, perfectamente firme, les daba a los invitados la oportunidad de que la contemplaran. Ladeó la cadera, extendió una pierna larga y fina, y dejó caer los brazos desnudos a lo largo del cuerpo.

¡Tenía que haber algún error! Ésta no podía ser la misma chica desgarbada que Massie había visto en las fotos de las vacaciones de Alicia. ¿O sí era? Su vestido mini negro, sin tirantes, apenas si le tapaba la etiqueta de la ropa interior. Y, desafortunadamente, se veía muy sexy.

—¡Con calma, Gisele! —dijo Dylan entre dientes a nadie en particular—. El desfile de modas de Victoria's Secret no es sino hasta noviembre.

Massie se rió más fuerte de lo apropiado.

—¡Miauuuuu! —Chris Plovert sonrió de manera juguetona.

—¡Cómo no! —Dylan sacudió la cabeza—. Como si alguna vez yo fuera a estar celosa de *ella*. Sus botas ni siquiera son de cuero.

Nina ladeó el largo y elegante cuello hacia los invitados mostrándoles una amplia sonrisa y su rostro perfectamente simétrico. Su sexy cabellera ondulada de color castaño oscuro le rozaba la suave espalda desnuda, al darse vuelta para mostrar su perfecto perfil. Les sonrió a todos con una sonrisa tipo Julia Roberts y, apoyando sus elegantes dedos en el pasamanos comenzó a bajar por los escalones de mármol. Los botines de tacón alto, color azul metálico, sonaban como zapatos para bailar tap a medida que descendía con elegancia. El ambiente se llenó de silbidos y exclamaciones de admiración. Todos ya la adoraban.

Una vez que Nina llegó a la planta baja, se vio rodeada de admiradores entusiastas, que la llenaban de saludos y abrazos.

—¡Qué botines divinos! —exclamó una mamá.

Massie cerró fuertemente los ojos. Tenía la esperanza de que al abrirlos Nina siguiera siendo la niña desgarbada que aparecía en las fotos de las vacaciones de Alicia; que fuera la niña cejijunta, vistiendo camisetas grandes teñidas con nudos, y una banda blanca en el cabello. En su lugar había una belleza española de cabello perfecto.

—¿Qué te parecen los botines de prostituta? —Claire le susurró a Massie al oído.

—Se ve tan "rugval" —Kristen hizo una pausa para darle a sus amigos la oportunidad de que descifraran su más reciente palabra desordenada—. ¡Vulgar!

—¡De cafetería barata! —dijo Massie, al tiempo que estornudaba.

—A *mí* me gusta su atuendo —dijo Chris Plovert, con una sonrisita maliciosa.

—A mí también —asintió Derrington.

Claire se quedó mirando fijamente a Cam.

—A mí no —Cam hizo todo lo posible por sonar convincente.

Claire sonrió.

—¡Por fa-voor! —Massie puso cara de fastidio—. Definitivamente, le falta estilo.

—Tiene tanto pecho que Alicia se ve como una tabla junto a ella —murmuró Dylan.

Los chicos chocaron las palmas en alto.

—Shhh —Claire los hizo callar—. Aquí viene.

Nina se acercó majestuosamente hasta ellos, sin dejar de mirar a los chicos. Chris Plovert respiró de manera entrecortada y le dio un golpe a Derrington en el brazo. Derrington soltó una risita nerviosa y golpeó a su vez a Chris. A medida que Nina se acercaba, ambos le dieron un golpecito a Cam. Para cuando llegó, Nina se encontró frente a tres chicos atolondrados y cuatro chicas con el ceño fruncido. Antes de que pudiera saludar, el papá de Alicia se la llevó, porque *tenía* que presentarla a sus vecinos, el Sr. y la Sra. Everhart.

—¡Eh! —exclamó Alicia cuando volvió a reunirse con el grupo—. Éste es Josh Hotz; es nuevo en Briarwood. Ella se balanceaba hacia adelante y hacia atrás, dándole vueltas a su anillo de oro con rubíes en el dedo índice.

—Ya conocemos a Josh —murmuró Derrington—. Está en nuestro equipo de fútbol.

—Bueno, pero nosotras no lo conocemos —Massie extendió el brazo. Él era la pareja perfecta para Alicia. Se parecían—. Hola, soy Massie Block.

—¡Eh, Massie Block! —dijo Josh, sonriendo.

La visera de su gorra de los Yankees de Nueva York le hacía sombra a su esculpido rostro pero, por lo que Massie podía ver, se parecía a Josh Hartnett, sólo que más flacucho. Era digamos… un ocho.

—Aquí las chicas son fantásticas —dijo Josh, después de que le presentaron a Kristen, Dylan y Claire. Sus labios bien rojos estaban húmedos, pero no tanto como para ser desagradables. Era como si hubiera usado una nueva línea de brillo para hombres.

—Gracias —Massie se jaló un mechón de cabello rizado en zigzag. Sonrió dulcemente y volteó a mirar a Josh, esperando darle celos a Derrington con su expresión coqueta, pero Josh sólo tenía ojos para Nina.

—¡Ah!, vamos a que te presente a otras niñas de mi clase —Alicia jaló a Josh de la manga de su blazer azul.

—¿Son como *ella*? —preguntó Josh, mirando a Nina.

Derrington, Cam y Plovert soltaron una carcajada. Alicia puso cara de fastidio y volvió a jalar a Josh de la manga.

—Él es muy simpático —Cam seguía sonriendo.

Ninguna de las chicas respondió. Kristen se acomodó el sombrero, Dylan se metió el estómago, Claire se acomodó unos mechones largos detrás de la oreja, y Massie se puso brillo labial Krispy Kreme. Se contrajo al escuchar la risa molesta de Nina, y observó con horror cómo los pechos se le movían como gelatina cuando conversaba con los Everharts.

Massie frotó los ojos color esmeralda del gato que tenía su prendedor, pensando en cómo hacer para que Nina no se acercara a los chicos. Sin embargo, cuando escuchó a Derrington, Cam y Chris susurrar acerca del "escote épico de la prima de Alicia", Massie se dio cuenta de que el verdadero problema sería que los chicos no se acercaran a Nina.

Después de la fiesta, al llegar a casa, Massie encendió rápidamente su G5. Era crítico que su primer blog saliera antes de que comenzara el nuevo semestre.

ESTADO ACTUAL DEL REINO

IN	OUT
BLOGS	BOTINES (SÓLO AZUL METÁLICO)
CABELLO RIZADO EN ZIGZAG	ESCOTE
INTERCAMBIO DE REGALOS	ESTUDIANTES DE INTERCAMBIO

—¡Vírgenes! ¡Vírgenes! ¡Vírgenes! —gritó Massie. Dylan y Kristen se unieron a los gritos. No pasó mucho tiempo antes de que todas estuvieran gritando en la cafetería a la hora del almuerzo.

Sage Redwood, una ecologista fanática de octavo grado, se acomodó las guirnaldas en su largo cabello ondulado antes de enderezar el letrero de neón que decía "VÍRGENES", y que colgaba en la pared arriba de la caja registradora. Por su amplia y orgullosa sonrisa, era evidente que había esperado este momento durante mucho tiempo. Estaba a punto de cortar el listón rojo para inaugurar en la escuela el primer quiosco de cocteles vírgenes, es decir, sin alcohol. Massie, Alicia, Kristen y Dylan, también conocidas como el Comité de las Bellas, habían recibido una invitación personal de Sage para ser las primeras en probarlos.

—No puedo creer que Sage haya logrado que la directora Burns estuviera de acuerdo con esto —Dylan sacudió la cabeza—. Más vale que estas bebidas de frutas tengan mucha cafeína, o me voy a quedar dormida en la clase de "Asuntos Mundiales". Tenía puesto un traje de chaqueta y pantalones deportivos negros con finas rayas rosas, porque su mamá, Merri-Lee Marvil, la famosa presentadora del programa de entrevistas, le había dicho que las rayas verticales la hacían verse más delgada.

—Ya extraño los *chai lattes* —Kristen ladeó el sombrero de vinilo rosa brillante para lluvia que Massie le había dado—. ¿Se acuerdan cuando Sage estaba repartiendo esos folletos el semestre pasado acerca de la explotación de los trabajadores de los cafetales en Sri Lanka, y marchaba por los pasillos con letreros que decían: "¡FUERA, STARBUCKS!".

—Sip. ¿Se acuerdan que le tiré encima capuchino helado? —Massie se puso el dedo índice en los labios para indicar silencio y frunció el ceño de forma inocente como diciendo: "¡Ups!".

Las tres chicas se rieron al recordar a Sage cubierta de café y crema batida sin grasa.

—Sí, pero ella se quedó con la idea de que había sido Audrey Capeos —dijo Dylan y tosió en la manga de su chaqueta. Massie notó que la tos sonaba peor que la noche anterior, y se alejó de ella. No quería contagiarse y estar mocosa para el partido de fútbol de Derrington.

—Me fascina tu cabello rizado en zigzag; parece de artista de cine —con la mirada en Massie, Sage accionaba unas enormes tijeras plateadas con el índice—. Anoche leí acerca de tu peinado en tu blog, y ya le pedí a mi mamá que para mi cumpleaños, el mes próximo, me compre una plancha wafflera para rizarme el cabello en zigzag.

—Sage, eso suena genial —dijo Massie, tomando nota mentalmente de poner el rizado en zigzag "OUT" para fin de mes.

—Hablando de tu blog —Kristen metió la cuchara—, me gustó lo que escribiste acerca de que los alumnos de intercambio están "OUT". ¿Qué onda con esa niña? Parecía una mujer de la calle.

—Si fuera lista, que lo dudo, se mantendría bien alejada de mí —dijo Massie—, porque si llego a ver sus tetas cerca de Derrington, la...

—No que le fuera a molestar a Derrington —las palabras de Kristen le cayeron a Massie como si fueran cajas de zapatos cayendo de los anaqueles de su clóset.

—¡Eh!, Kristen, a lo mejor debes comenzar a vestirte como ella. Así nadie te confundiría con un varón —sugirió Massie.

Dylan soltó una risita.

—"Sachum ciagras".

—De nada —Massie ni siquiera se inmutó por la expresión de tristeza en el rostro de Kristen—. ¿Alguna vez nos vas a dejar ver ese misterioso corte de pelo? Massie trató de quitarle el sombrero rosa.

—¡Nunca! —Kristen le dio un manotazo a Massie.

—¡Huy!

Kristen finalmente sonrió.

—Massie, pensé que de seguro escribirías en tu blog acerca de tu nueva obsesión con los prendedores —Kristen miraba el gran prendedor en forma de rosa roja, prendido en la solapa del nuevo blazer de terciopelo rojo de Massie.

—De ninguna manera —Massie sacudió la cabeza—. Quiero usarlos por lo menos una semana antes de que todo mundo empiece a copiarme. Los pondré de moda tan pronto como me cansen.

—"Moco quirase"—dijo Kristen.

—¿Quieren saber qué otra cosa está "ɪɴ"? —preguntó Massie, pero en cuanto dijo esas palabras deseó nunca haberlas dicho. Sabía que aquel no era el momento apropiado para tocar el tema; pero, acaso, ¿habría algún momento apropiado?

—¿Qué? —preguntó Dylan.

—Compartir el cuarto —dijo Massie, y luego lanzó un suspiro.

—¿Qué? —preguntó Kristen.

Entonces Massie les contó que la familia Lyons no se iba a mudar de Westchester, y que ella iba a compartir su dormitorio con Claire hasta que terminara la renovación masiva de la casa de huéspedes.

—¿Cuánto tiempo va a tomar eso? —preguntó Kristen.

—Un par de semanas —murmuró Massie.

—¡Uf! ¿Todavía no se cansan de estar juntas? —dijo Dylan enfadada—. Acabas de pasar las vacaciones con ella en Aspen y ahora...

—Estamos un poco apretados, pero es mejor que dejar que se muden a Chicago, ¿verdad?

Kristen y Dylan se encogieron de hombros con un gesto de indiferencia, y no dijeron nada.

—¡Eh!, hablando de Roma... —dijo Massie. Al ver a Claire dirigirse al final de la fila con su chiflada amiga Layne, le hizo señas con la mano— ¡Acá estamos!

Claire tenía puesto un chaleco esponjado anaranjado, una sudadera blanca y pantalones deportivos de algodón de color azul marino.

Massie escuchó que Dylan le decía en secreto a Kristen "Parece guardia peatonal", pero las ignoró.

Como vio que Claire siguió caminando, Massie abrió su celular. Las campanitas que colgaban de la antena empezaron a oscilar.

—¿Por qué estás obsesionada con Claire? ¿Nos estás abandonando porque tengo el pelo corto?

—No, nos está abandonando porque estoy gorda, y porque no tenemos novios como ellas.

Massie sintió que el estómago le daba un vuelco cuando Dylan dijo "novios". Se moría de ganas de ver a Derrington el viernes, en el partido de fútbol.

—No estoy abandonando a nadie —dijo Massie, con fastidio—. Sólo pensé que Claire se podía colar en la fila y esperar con nosotras.

—El rey se asoma —dijo Dylan, entre dientes.

—¿Qué?

—Tú fuiste la que la llamaste así, no yo —Dylan sonrió.

Normalmente Massie hubiera seguido la discusión, pero la distrajo Nina, quien parecía ser modelo de las últimas imitaciones de ropa informal Contempo Casuals. Todas las que estaban en la fila se callaron y se quedaron mirándola. Nina meneaba lentamente su trasero al caminar, hipnotizando a la concurrencia con su confiado vaivén y con el clic clac de sus botas de cuero de leopardo, que le llegaban hasta la rodilla.

Se detuvo al principio de la fila, exactamente frente a Massie.

—Hola, soy Nina —se puso el brillo rojo sangre en los labios. Cerró de golpe el tubo del lápiz labial y le dio la mano. Con cuidado, Massie le dio un ligero apretón.

—Qué gracioso, esperaba que apretaras más fuerte —dijo Nina, con una sonrisa vanidosa.

—No quise romperte las uñas postizas.

Kristen y Dylan soltaron una risita.

—No eres la primera que cree que son postizas —Nina levantó la mano y se admiró las uñas—. Son tan perfectas que nadie cree que sean de verdad.

—¿Igual que ésas? —dijo Massie, con la mirada en los pechos de Nina.

—Exactamente —dijo Nina, guiñando un ojo.

Massie no podía creer que la niña con el cabello alborotado de las fotos de Alicia tuviera tanta confianza en sí misma.

—Me encantan tus botas, Nina —dijo Lucy Savo, al pasar.

—¡Sí!, son sensacionales —afirmó Becky Charsky.

—Gracias —Nina sonrió, mostrando los dientes.

Massie se remangó sus jeans largos para que se viera la punta redonda de sus nuevos zapatos de Kate Spade color violeta, y se prometió mentalmente comenzar a usar pantalones más cortos. Así muchas más notarían *sus* fabulosos zapatos.

—¡Oh!, Nina… pensé que te había perdido —gritó Alicia, al acercarse a la fila de Vírgenes. Caminaba a paso normal, lo que para Alicia, quien se destacaba por caminar muy lento, significaba que estaba de prisa—. Me alegro de que las haya encontrado.

En un intento desesperado por cumplir con su resolución número siete de Año Nuevo, "Trataré a todas mis amigas con amabilidad", Massie se resistió a llamar "Copiona" a Alicia. Sin embargo, no era fácil, considerando que Alicia tenía el cabello peinado exactamente como el de Nina. Ambas tenían colas de caballo supertersas y apretadas, que Alicia nunca usaba porque decía que le jalaban el cuero cabelludo y le daban jaqueca.

Por lo menos, Alicia seguía vistiéndose como antes. Tenía su combinación normal de prendas separadas Ralph Lauren: pantalones militares Blue Label y un blazer de pana con una flor flexible de fieltro en la solapa. Nina llevaba jeans a la cadera, muy apretados, metidos dentro de las botas y una minichaqueta de piel artificial, que apenas le cubría las costillas. El estómago firme y bronceado estaba totalmente al descubierto.

—Debes tener cuidado —le dijo Kristen a Nina—. Tu atuendo no va con el código de vestir de la OCD. Te podrían expulsar temporalmente.

—Sí, la última vez que nos vestimos así, la directora Burns nos dijo que tendríamos que usar uniformes. Si no hubiera sido por mi mamá, todas hubiéramos...

—¡Por fa-voor! A mí ya me mandaron a la oficina de esa señora —dijo Nina, muy orgullosa de su rebeldía—. Le dije que mi atuendo era indumentaria tradicional española y que cambiarme sería un insulto a mi país.

—Y ¿te creyó? —Dylan sonó verdaderamente sorprendida.

—Sigo vestida así, ¿o no?

—¡Qué fantástico! —Kristen dijo, efusivamente—. Massie, ojalá hubieras pensado en algo así cuando nos metimos en problemas por usar nuestros disfraces de diablillas traviesas para Halloween.

—¡Oh! Yo estaba muy ocupada planeando la primera fiesta de parejas de Halloween como para pensar en excusas idiotas —dijo Massie.

—¿Cómo? ¿Recién tuvieron la primera fiesta de parejas en octubre pasado? Yo he invitado a chicos a mis fiestas desde que estaba en cuarto.

Dylan estornudó para ocultar que decía: "vulgar".

Massie fue la única que se rió.

—¿Acabas de decirle vulgar a Nina? —dijo Alicia, irritada.

—Dylan, ¡eso es tan "rosegro"!

—¿Qué quiere decir "rosegro"? —preguntó Nina.

—Quiere decir grosero —aclaró Kristen—. Es una palabra desordenada.

Nina se encogió de hombros.

—No, lo juro; fue un estornudo —dijo Dylan, tomando una servilleta de una mesa—. Mi resfriado está cada vez peor.

Massie quería gritar. ¿Por qué sus amigas se portaban tan bien con Nina? ¿No se daban cuenta de que era una mentirosa manipuladora? Massie metió la mano en su cangurera de Yves St. Laurent y buscó su nuevo sabor Glossip Girl. Ese día el sabor era Cinnabon. Lo había recibido esa mañana y era fantás-ti-co. Olía y sabía exactamente como los rollos de canela del centro comercial.

—¿Qué es ese aroma? —preguntó Nina. Se tapó la nariz y abanicó el aire con la mano.

—¿Dylan? —dijo Alicia.

—Yo no fui.

—Huele a la cocina de mi abuelita —Nina siguió tapándose la nariz—. Y era una terrible cocinera.

—Sip, *es* un poco dulce —dijo Kristen, olfateando el aire.

Massie les dio la espalda y se limpió los labios rápidamente con la mano.

—Nina, ¿te quedas con mis amigas mientras voy a dar las noticias? Es la primera vez y no quiero llegar tarde.

—Claro, prima —le aseguró Nina—. Voy a estar bien aquí con tus amiguitas.

—¿A quiénes llamas "itas"? —preguntó Massie con brusquedad.

—A quien le quede el saco… —dijo Nina, sonriendo.

Kristen y Dylan soltaron una risita. Massie apretó los dientes para evitar romper su resolución número siete de Año Nuevo en el primer día de clases.

—No te preocupes por mí, Alicia. Voy a estar bien. Buena suerte.

—Gracias —dijo Alicia.

Cuando estaba a punto de irse, sonó su celular. Se fijó en su reloj Tiffany, suspiró y contestó.

— ¿Hola? ¡Ah!, hola Celia. ¿Cómo estás? —Alicia frunció el ceño, miró a Nina y articulando para que le leyera los labios, dijo—: Es tu hermana.

—Aquí no —dijo Nina, negando desesperadamente con la mano y articulando para que le leyera los labios.

—Te llama desde España —la expresión de Alicia era de urgencia.

—Luego la llamo —dijo Nina como susurrando, pero en voz alta—. Cuando salgamos de la escuela.

—Si vieran el guardarropa de su hermana; es el último grito de la moda. Ellas siempre salen en las revistas de moda de España y la gente las para en la calle… —susurró Alicia, cubriendo el celular con la mano.

—¡Prima! —dijo Nina, irritada—. Es mejor que te deshagas de ella ya mismo.

Alicia le dio el recado a Celia y cerró el celular.

—Gracias —parecía que a Nina se le había quitado un peso de encima—. Ahora no tengo tiempo de darle consejos acerca de chicos. ¡Dios mío!, depende tanto de mí.

Nerviosamente, Massie le dio vueltas a su pulsera de dijes.

¿Cómo sabía Nina tanto acerca de chicos? ¿Se habrá puesto nerviosa alguna vez al hablar con alguno que le gustara? ¿Sabría cómo actuar al estar cerca de Derrington?

—Me voy a la cabina de transmisión. Las veo en el próximo período —Alicia les dijo adiós con la mano.

Se quedaron observando a Alicia, que serpenteaba entre los grupos de chicas reunidas cerca del quiosco de bebidas sin alcohol. Una vez que la perdieron de vista, Massie, Kristen y Dylan se dieron la vuelta y se quedaron mirando fijamente a Nina. Ella también las miraba fijamente.

—¿Qué? —dijo Nina, finalmente.

Por toda la cafetería se escuchó el chillido agudo que a veces produce el micrófono, y todas se taparon los oídos.

—Lo siento —Sage pidió disculpa hablando suavemente por el micrófono—. Me da mucho gusto darles la bienvenida al primer quiosco de bebidas vírgenes de la OCD. Cortó el listón rojo alrededor de la caja registradora con sus enormes tijeras, y todas aplaudieron y vitorearon.

—¡Bienvenidas a Vírgenes! —gritó Sage en el micrófono.

Nina miró hacia atrás sobre el hombro. Grupitos de niñas atolondradas la chocaban, saltando y celebrando como si estuvieran en un concierto de Usher. Nina sacudió la cabeza como diciendo: "¡Qué vergüenza!".

—¿De verdad se llama *Vírgenes* este lugar? —exclamó.

Massie asintió con la cabeza.

—Entonces, yo no debería estar aquí; de seguro.

A Massie accidentalmente se le salió un grito ahogado, y luego sintió que el cuerpo se le paralizaba de vergüenza. Ahora Nina iba a pensar que ella era una santurrona.

Dylan y Kristen se quedaron con la boca abierta, pero con cierta admiración, como si en realidad las hubiera impresionado.

—¡Oh! Nina, ¿trabajas en el servicio de información 411? —le preguntó Massie.

Kristen y Dylan soltaron una risita, anticipando la siguiente explicación de Massie.

—¿Qué? —Nina entrecerró los ojos como si tuviera dificultad para oír.

—Nos diste más información de la que queríamos.

En realidad, Massie quería saber más, mucho más.

Claire y Layne Abeley estaban al final de la fila que se había formado frente a Vírgenes, esperando para pedir sus jugos. En cuanto las ovaciones bajaron de volumen, Layne volteó hacia Claire, y siguió la conversación donde la habían dejado justo antes de que Sage cortara el listón.

—¿Por qué crees que Cam quiere besarte? —Layne se metió en la boca un buen puñado de nueces con sabor a jalapeños, y se limpió los dedos salados en su sudadera Shirley Temple de color amarillo brillante. Una mancha verde del sazonador apareció en la naricita respingada de Shirley.

Claire sacudió distraídamente la sal de la sudadera de Layne y sacó el CD de su mochila JanSport.

—Porque anoche, en la fiesta de Alicia, me regaló un CD con música; fíjate en los títulos.

Layne le arrebató el CD y comenzó a leer los títulos de las canciones en voz alta. "Do You Love Me", de Kiss, "I Want You", de Kiss, "I Kissed a Girl", de Jill Sobule, "Kiss", de Prince...

—Shhh —Claire le dio un golpecito a Layne en el brazo y se fijó para confirmar que nadie las estuviera oyendo en la cafetería—. Lee en silencio, *por favor.*

Claire se quedó observando cómo se movían los rasgados ojos verdes de Layne leyendo los otros títulos.

—Nunca he escuchado estas canciones —dijo Layne en voz baja—. ¿Estás segura de que no se las robó a su abuelito?

Layne siempre decía sin tapujos lo que pensaba.

Claire puso cara de fastidio. ¿Por qué Layne no se alegraba por ella?

—Cam consigue mucha música de su hermano mayor —le contestó Claire en voz baja—. ¡Pero ése no es el punto!

—Lo siento —Layne se agachó para estirarse las calcetas rosas y cubrirse las rodillas. Las calcetas no hacían juego con su minifalda con fruncidos, ni con su sudadera, ni con sus Van de cuadritos azules y anaranjados; pero eso era lo que la distinguía.

Claire había decidido hace tiempo aceptarla tal como era. Después de todo, Layne había aceptado a Claire cuando nadie más lo hacía, y eso era algo que Claire nunca olvidaría.

—Así que, ¿*tú lo* quieres besar? —Layne se enroscó el negrísimo cabello teñido con alheña, formando un moño desordenado, y se lo sujetó con un resplandeciente prendedor rosa para el cabello.

Claire asintió sin siquiera dudarlo un segundo. Se metió a la boca uno de los corazoncitos rojos de canela de Cam y trató de no masticarlo. Se trataba de un juego que había estado practicando sola toda la mañana: si podía chupar el dulce hasta acabárselo, ella y Cam se darían un beso en el baile. Si lo llegaba a masticar, no lo harían.

—¿Te parezco una cualquiera? —preguntó.

—No, me parece romántico —con la mano sobre el corazón, Layne parecía estar a punto de desmayarse.

—Okey, ¿podemos cambiar de tema? —Claire soltó una risita y se sonrojó.

—Seguro —dijo Meena cuando ella y Heather se metieron en la conversación—. Se me ocurre otro tema. Se sacó de los brazos un par de polainas rayadas negras y rojas, y las metió en el bolsillo de su mochila con rueditas Hello Kitty.

—¿Así que de verdad vas a compartir el cuarto con Massie Block?

—¿Es cierto? —preguntó Heather.

Se habían teñido el cabello con corte pajecito del mismo color que el de Layne, pero Heather tenía el flequillo muy corto. Claire pensó que parecían personajes de revistas cómicas.

Meena y Heather eran las mejores amigas de Layne, y eran las únicas en la OCD que compartían el estilo excéntrico de Layne y su adicción a las protestas.

—Me parece que la conocemos bastante bien como para dejar de usar su apellido.

Claire trató de ocultar su emoción, pero era difícil. Se sentía bien al saber que las demás se estaban dando cuenta de que Massie y ella eran amigas. Eso le daba más categoría que la que obtendría si usara la bolsa Marc Jacobs más moderna.

—Okey, ¿entonces *Massie* ahora sí es tu amiga de verdad? —insistió Meena—. ¿O será que otra vez te está usando para obtener algo que quiere?

—No, esta vez sí es de verdad —a Claire todavía le costaba trabajo creerlo.

—Ummm —dijo Layne.

—¿Eso quiere decir que puedes usar su ropa? —Heather se ajustó el improvisado cinturón, que en realidad era una simpática serpiente de peluche, que se había ganado en Coney Island cuando tenía cuatro años de edad. Era tan gruesa que le costaba trabajo que se le quedara en la cinturita.

—Ya me ha prestado muchas cosas —Claire podía sentir su orgullosa sonrisa en el rostro.

—¿Qué? —preguntó Layne.

—Desgraciadamente manché dos de sus suéteres.

—Escuché que no tiene lavadora automática; sólo tira la ropa sucia y se compra nueva —dijo Layne, riéndose entre dientes.

—La mansión de los Block está construida sobre tiraderos de basura formados por la ropa sucia de Massie. —Claire soltó una risita.

Layne comenzó a reírse, y Claire no pudo evitar sentir una ola de culpabilidad.

—Estoy bromeando; Massie es totalmente normal.

—Cómo no —Layne puso cara de fastidio—; te has convertido en toda una Massie-ista.

Meena y Heather soltaron una risita.

—No es cierto —Claire sintió que se le cerraba la garganta. ¿Por qué a todo el mundo le costaba tanto trabajo aceptar que ella y Massie se caían bien? Claire trató de pensar en otro tema, pero estaba demasiado nerviosa para que se le ocurriera algo. Por suerte sonó su celular.

—¿Sí? —contestó Claire—. ¡Eh!... Estuvo a punto de decir el nombre de Massie, pero se contuvo.

—¿De veras? Eso es DG. Seguramente pasamos muy cerca de ti... claro que nos gustaría colarnos... ya vamos....

—¿Qué es DG?

—Demasiado gracioso.

—¡Ah! —dijo Layne—, no voy a tomar "Massie como segundo idioma" sino hasta el próximo semestre.

—Muy chistosa —Claire jaló a Layne para ir hacia el principio de la fila—. ¡Vámonos! Massie dijo que nos podemos colar.

—No, gracias —Meena sacudió la cabeza—. Prefiero esperar aquí con el pueblo.

—¡Sí! ¡El pueblo al poder! —Heather alzó un puño en alto.

—Bueno, nosotras nos vamos —Claire jaló a Layne del brazo.

—Necesita que alguien la proteja —le gritó Layne a sus amigas.

—¡Cómo no! —dijo Heather, sonriendo nerviosamente.

—Traidora —gritó Meena, con una sonrisita.

Claire se tranquilizó al darse cuenta de que sólo estaban bromeando. Era mucho más fácil tratar con Meena y Heather, que con el Comité de las Bellas de Massie. Se encelaban de sus colecciones de discos compactos, no de sus amigas.

—¡Eh! ¡No vale colarse! —gritaron unas cuantas que las vieron adelantarse. Con la mirada fija en el frente de la fila, Claire las ignoró. En unos segundos estaría con Massie, y ella las protegería.

—Mira, Kristen —señaló Nina cuando llegaron Claire y Layne—. No eres la única con cabello feo. Esa chica tiene el flequillo demasiado largo.

—Hola, soy Claire —dijo, dándole la mano.

—¿Ves, Massie? Ella sí sabe dar apretones de mano —dijo Nina, saludando a Claire con un fuerte apretón.

Massie se puso las manos en la cadera y casi comenzaba a decir algo, cuando Claire la interrumpió.

—¿En serio crees que tengo muy largo el flequillo?

—Sí —dijo Nina.

Claire sintió que todas le clavaban los ojos.

—¡Perfecto! —exclamó—. He esperado meses para que me creciera.

—Yo creo que te lo debes recortar un poco. A los chicos les gusta que el cabello llegue hasta las puntas de las pestañas. Es como decir: "Quédate a mi lado; no puedo ver con todo este pelo en los ojos y te podría necesitar para cruzar la calle". A los chicos les fascinan las chicas indefensas.

—¿*Qué?* —exclamó Massie muy sorprendida—. Claire, déjame llevarte con Jakkob después de la escuela. Hace maravillas cortando en capas.

—Perfecto —dijo Claire en voz baja. Se preguntaba si la teoría de Nina sería cierta—. Mientras no me deje calva. A Cam no le gustan las chicas con cabello corto. Dice que parecen...

Claire sintió que el pulgar de Massie se le enterraba en las costillas, y se calló de inmediato. Todas la fulminaban con la mirada, mientras Kristen se acomodaba su sombrero rosa para la lluvia. Claire sintió que la abrazaba una ola de intenso calor, como si se hubiera bronceado demasiado e instantáneamente al sol.

Nina comenzó a reírse.

—¡Oh! Kristen, no lo dije para ofenderte —explicó Claire—. Yo sólo quería decir que...

—No te preocupes —Kristen clavó la vista en el frío piso de concreto.

—Por cierto, Kristen, me fascina tu sombrero —sonrió Layne—. Yo lo usaría para ir a todas partes.

—¡Uf! —dijo Kristen para sí misma.

La incómoda conversación terminó gracias a la música, que

comenzó a escucharse de pronto por el sistema de altavoces de la cafetería.

—¿Qué es eso? —exclamó Dylan con voz aguda.

La música se desvaneció y se escuchó el sonido de un teclado de computadora.

—Suena como granizo —Kristen se tapó los oídos.

—Qué suerte que tienes ese sombrero —Massie puso cara de fastidio.

Kristen le sacó la lengua.

—¡Estoy bromeando!

Finalmente habló Alicia:

"¿Qué tal, OCD? Soy Alicia Rivera, recibiendo el Año Nuevo con un noticiero muy interesante…"

Todas aplaudieron. Claire podía escuchar incluso las lejanas ovaciones que venían de los pasillos. Seguramente Alicia también había podido escuchar todo en la cabina de sonido, ya que hizo una pausa para esperar a que terminaran los aplausos.

Claire recordó cuando Comma Dee daba las noticias. Decía chistes malos y cantaba los titulares en ritmo de rap. Todas las alumnas querían que la tierra se las tragara por la vergüenza. Sin embargo, a las chicas en la cafetería parecía gustarles la forma franca en que Alicia daba las noticias, ya que todas estaban de frente a los altavoces, ansiosas de que continuara.

"Si hoy han estado cerca de la cafetería, sabrán que ya se inauguró Vírgenes. ¡Felicitaciones, Sage!"

Más aplausos; Sage hizo una reverencia con las manos juntas, como rezando.

—Cálmate, Buda. —Massie musitó para sí misma.

"El coctel especial de hoy se llama Enamorados, y es un

jugo de frutas naturales con soya, bajo en grasas, en honor del próximo baile del Día de San Valentín."

La emoción estalló en la cafetería. Las servilletas comenzaron a volar, y unos cuantos envases vacíos de yogurt sin grasa cayeron entre la multitud. Alicia cambió el tono de inmediato, como si hubiera detectado el disturbio.

"¿Quién quiere escuchar los detalles?"

(Ovación)

Alicia soltó una risita, como lo hubiera hecho una presentadora de televisión después de bromear con el meteorólogo, que trataba de hacerse el gracioso. Claire se imaginó a Alicia sentada frente a su escritorio, barajando papeles nerviosamente, esperando el momento adecuado para volver a la seriedad.

"El tema de este año es 'Caza romántica'. El viernes de la próxima semana, todas las alumnas de la OCD se reunirán en la cancha de fútbol de la Academia Briarwood, después del partido de semifinales, para "cazar" a un buen partido con quién ir al baile. Pero no va a ser fácil. Los trajes de los chicos serán de Velcro, y cada una de las chicas tendrá cinco flechas con punta de Velcro. Todo lo que tienen que hacer es lanzárselas al chico que les guste, y así poder cazarlo. Si no "cazan" a nadie, tendrán que esperar a que alguien las invite, a menos que quieran ir solas (risita burlona). Y, como siempre, la pareja más a-do-ra-ble, recibirá el premio Cupido. Así que les sugiero que el jueves coman mucha proteína sin grasa, que usen zapatos cómodos, y que corran como impalas. ¡No dejen que se les escape el chico de sus sueños!

"Reportó para ustedes Alicia Rivera de la OCD, con un enorme cariño para todas."

(Aplauso estruendoso)

—¿Escucharon *eso*? —por la emoción, Massie abrió exageradamente los grandes ojos color ámbar.

—Sí, tenemos que correr —se quejó Dylan—. No me gusta la idea.

—¡No! Me refiero al premio Cupido. Si pudiera hacer que Derrington se pusiera un par de pantalones largos, les apuesto que podríamos ganar —dijo Massie.

—Las de séptimo nunca van a ganar ese premio —Kristen sacudió la cabeza, desalentada.

—Hasta ahora —Massie levantó los brazos bien alto como quien sale como sorpresa de un gran pastel de cumpleaños.

Claire sonrió con admiración. Le fascinaba la aspiración incansable de Massie.

—Por lo menos *nosotras* no tenemos que preocuparnos de participar en una caza tan humillante —Massie volteó a ver a Claire—. Es un hecho que Derrington y Cam no se moverán para que podamos lanzarles las flechas.

—¿Por qué estás tan segura? —dijo Nina en tono de ronroneo.

—Les gustamos, ¿sabes?, más que como amigas —explicó Claire y se metió un corazoncito de canela en la boca.

—Y... —dijo Nina—, ¿si otras los cazan primero?

Claire mordió sin querer el corazoncito. Se le fue el aire y se cubrió la boca con la mano.

—No seas tan supersticiosa —dijo Layne—. Un estúpido corazoncito de dulce no puede predecir tu futuro.

Claire no podía creer lo bien que Layne la conocía; era casi espeluznante.

—Qué bonito —exclamó Dylan—. No sólo viven juntas sino que también salen juntas en sus citas.

—Es simplemente "abledora" —Kristen puso cara de fastidio.

Las chicas se acercaron al mostrador de Vírgenes y pidieron Enamorados bajos en grasas para todas. Claire hizo el intento de pagar, pero Sage no aceptó con un simple gesto de la mano. Claire se encogió de hombros, arrugó su billete de cinco dólares y se lo puso de nuevo en el bolsillo. La amistad con Massie Block definitivamente tenía sus ventajas.

—Gracias por el regalo, Sage —dijo Massie en voz alta, para que la escucharan las chicas en la fila. Le dio un gran sorbo a su espumoso licuado de frutas.

—¡Ah!, deliciooooso... creo que hasta podría pagarlos, pero tú nunca me lo permitirías, ¿verdad?

—¡Por supuesto que no! —Sage nunca se impacientaba, al punto de sacar de quicio a las demás, sin importar cuánto tratara de irritarla Massie.

—Brindemos por el baile "Caza romántica" y por mi premio Cupido, por supuesto —Massie levantó su vaso.

—¡Salud! —dijeron las demás, chocando los vasos. Con expresión de modelo de pasarela, Massie guió a sus amigas por la repleta cafetería, haciendo alarde de su bebida gratis como si fuera un bolso de obsequio que le hubiera entregado directamente Karl Lagerfeld.

—Oye, ¿no sería romántico si Cam te diera un beso por primera vez en el baile de "Caza romántica"? —le susurró Layne al oído a Claire.

Claire se sintió abrumada por el aroma picante a jalapeño, pero como la idea le gustó tanto, ni siquiera chistó.

—¡Magnífica idea! —le contestó en voz baja—. Y tú podrías besar a tu novio Eli esa misma noche.

Layne puso cara de asco. Claire se preguntó si le había llegado un tufillo de su propio aliento.

—Terminé con él. Usa más maquillaje que yo, y ya dejé atrás la morbosa joyería de cráneos con huesos cruzados. Creo que me tengo que interesar en alguien que sea más positivo, especialmente ahora que se acerca la primavera.

En ese momento, Nina las interrumpió.

—¿Saben? Yo soy experta en arco y flecha. Les puedo dar una lección. Mi papá me enseñó a usarlo cuando era niña. Es el deporte de la realeza, ¿saben? Mi papi siempre me dijo que yo me iba a casar con un rey.

—Sí, el rey de la selva —dijo Massie.

Sólo se rieron Claire y Layne.

—¡Eso sería "titáscofan"!

—Perdón, ¿qué quiere decir "titáscofan"? —Nina se veía confundida.

—¡Fantástico! —explicó Kristen—. ¡Sería fantástico! En cuanto los chicos vean mi pelo corto van a salir de golpe para escaparse de mí. Necesito practicar en serio.

—Y cuando vean mi enorme trasero todos van a...

—*¡No estás gorda!* —todas gritaron al unísono.

—Díganselo a *ésta* —Dylan se pellizcó una pulgada de piel del estómago y la señaló con la otra mano.

—Nos hace falta toda la ayuda posible —confesó Kristen.

—Muy bien, ¿qué les parece el viernes después de la escuela? —Nina le estaba dando la espalda a Massie, Claire y Layne mientras hablaba.

—Este... —Kristen y Dylan titubearon. Quizás estaban pensando en lo que Massie le había hecho a Alicia, cuando ella trató de hacer planes durante una de sus piyamadas.

—¿Lo podríamos hacer otra noche? —le preguntó Dylan.

—Sí —Massie metió la cuchara—, los viernes en la noche organizo piyamadas muy exclusivas, sólo para personas muy importantes, así que no van a poder ir contigo.

Claire se metió un corazoncito de canela en la boca y trató con todas sus fuerzas de no morderlo. Sin embargo, parecía casi imposible por la intensa tensión que iba en aumento.

—¿Cuál es el problema? —Nina se echó la cola de caballo hacia atrás y se inclinó hacia Kristen y Dylan—. ¿No pueden tomar sus propias decisiones?

Claire mordió el dulce y sintió que la canela le picaba la lengua.

Massie metió la mano en la bolsa de dulces de Claire y sacó un puñado de corazoncitos. Se metió todos a la boca y los masticó al mismo tiempo.

—¿Desde cuándo comes dulces? —gritó Dylan, aterrorizada.

—Desde que Claire me desafió a robar de una máquina expendedora en el hotel, cuando fuimos a esquiar —Massie sonrió nerviosamente. Claire comenzó a reírse al recordar a Massie a gatas, haciendo palanca con el pasador de su prendedor para robarse los dulces.

—¿En serio? —Dylan se veía frustrada—. Yo he estado tratando durante años que comas dulces. Metió la mano en la bolsa de plástico de Claire, tratando de tomar un puñado de corazoncitos.

—¡Ay! —gritó Dylan cuando Massie le dio una palmada en el brazo.

—¡Quita esa mano! —gritó Massie alarmada—. Estás enferma —y volteó a mirar a Nina—. Lo siento, señorita, pero vas a tener que salir con gente de tu edad el viernes en la noche. Mis amigas ya tienen planes.

—¿Estás segura de que tú no necesitas lecciones? —se ofreció Nina—. Sería desastroso que no cazaras a nadie y tuvieras que ir sola al baile.

—¿Qué te parece el jueves en la noche? —logró decir Dylan antes de estornudar.

—¿O esta noche? —preguntó Kristen, esperanzada.

—Por fa-voor —Massie sonó molesta—. Hablas como si estuvieras desesperada. Ningún chico de Briarwood trataría de escaparse de nosotras. Su celular comenzó a vibrar. Massie lo sacó de su bolsón color verde manzana y lo abrió.

—¿Ves? —puso la pantalla frente al rostro de Nina—. Es un mensaje de texto de Derrington. Oprimió algunas teclas y leyó en voz alta.

DERRINGTON: SABS DL BAILE?

Con una sonrisa engreída, Massie tecleó su respuesta de inmediato.

MASSIE: SIP ☺

Derrington le contestó de inmediato y Massie les leyó la respuesta a las chicas.

DERRINGTON: Q RIDÍCULO

Massie parecía confundida y continuó leyendo en silencio.

Todas se acercaron a la pantalla, pero a la única que no empujó fue a Claire.

DERRINGTON: NO ME PONGO UN TRAJE VLCRO! ES IDIOTA! HASTA CAM CREE Q SERÍA RIDÍCULO.

Claire se sintió aturdida. Esto no podía estar pasando. ¿Y su primer beso?

—Hagan lo que hagan, no actúen como desesperadas —Nina sonaba petulante—. Háganse las difíciles. Háganse de *rogar.*

—¿Cómo sabes tanto acerca de chicos? —preguntó Kristen.

—Experiencia —Nina le guiñó un ojo.

—¡Uf! —dijo Layne.

Dylan y Kristen fijaron la mirada en los castaños ojos de Nina, como si estuvieran embelesadas con ella.

Massie suspiró y se apoyó contra la esquina de una mesa vacía. Comenzó a escribir su respuesta. Las demás se detuvieron para esperarla.

—¿Qué? —preguntó Claire, suplicante—. ¿Qué estás escribiendo?

Massie no separó la vista del celular; pero ladeó la pantalla para que Claire pudiera verla. Parecía estar siguiendo el consejo de Nina.

MASSIE: NO HAY PROBLEMA. IREMOS CON OTROS. ME TNGO Q IR.

Massie oprimió la tecla de enviar. Claire se mordió las uñas, preocupada.

—¿Y si no funciona? —susurró Claire para sí misma.

—Todo va a salir bien —aseguró Nina—. Mis consejos siempre dan buenos resultados.

Massie se cruzó de brazos y puso cara de fastidio.

—Yo no estaba siguiendo tu consejo; yo siempre me hago de rogar.

—Se hace la difícil —explicó Dylan.

Buzzzz, buzzzz

—¡Está vibrando! —exclamó Claire—. ¿Qué dijo?

DERRINGTON: ¿EN SERIO?

MASSIE: 100% X Q?

DERRINGTON: UN TRATO: TÚ Y C VAN A LAS SEMIFINALES Y LUEGO VAMOS AL BAILE JUNTOS.

Claire abrazó a Massie y comenzó a saltar.

—Te van a dar tu primer beso en el baile del Día de San Valentín —dijo Layne, entusiasmada.

—No te pongas nerviosa —dijo Massie, irritada.

Layne se tapó la boca.

—No nos puede oír —Claire soltó una risita.

MASSIE: Ummm

—¿Qué estás haciendo? —gritó Claire con voz aguda.

DERRINGTON: PORFA. NUNCA VAS A MIS PARTI-
DOS. NECSITO Q ME DS SUERT.
QUIERO SER EL JUGADOR + VALIO-
SO. OK?

MASSIE: Y CAM?

DERRINGTON: IGUAL.

—¡Sí! —gritó Claire—. Dile que está bien. ¡Dile!

—*¡Esperen!* —insistió Nina—. No tan rápido porque parecen
muy necesitadas.

—¡Dios mío! Eres especiiiaaal para esto —dijo Kristen, guiñando un ojo.

—Sí, tienes que hacer un audiolibro, o algo parecido, acerca
de cómo conseguir novio —dijo Dylan, efusivamente.

—Por fa-voor. Yo me iba a hacer *esperar* —Massie tomó otro
puñado de corazoncitos y vio la hora—. Está bien, nueve segundos son suficientes.

Nina sacudió la cabeza y miró hacia otra parte.

MASSIE: LISTO

—Parece que vamos a las semifinales —suspiró Massie—.
Sea lo que sea *eso*.

—"¡Titáscofan!" Ya tengo con quién ver los partidos.

—Yo me apunto —dijo Nina con una sonrisa traviesa—. Lo
único que me gusta más que el fútbol americano son los jugadores guapos.

—Si de verdad le gustara mucho, sabría que es fútbol y no fútbol americano —les susurró Massie en el oído a Claire y a Layne.

Todas soltaron una risita.

—¿Qué? —preguntó Kristen—. ¿Por qué se ríen?

—¿Es porque estoy gorda? —preguntó Dylan.

—*¡No estás gorda!* —contestaron todas.

—No tenía nada que ver contigo —dijo Massie, haciendo una mueca.

—Sí, cómo no —dijo Dylan tosiendo, y le dio la espalda a Massie.

—Me fascina cómo los europeos pueden creer que cuando decimos fútbol nos referimos al fútbol americano. Es realmente a-do-ra-ble.

—Lo sé —Nina volteó lentamente hasta quedar frente a Massie y sonrió con arrogancia—. Yo soy adorable, ¿verdad?

—Sí, si consideras adorable sonar despistada —dijo Massie.

Dylan y Kristen miraron a Massie como diciendo: "Eso no estuvo bien". Massie respondió con: "Cuidadito, o ya verán cómo les va".

Claire se dio cuenta de que las alianzas comenzaban a cambiar. Tenía la sensación de que su amistad con Massie la pondría del lado de las ganadoras, pero estos días era cada vez más difícil saberlo con seguridad.

—¡Cállate, Bean! —dijo Massie irritada, aunque secretamente le encantaba que su perrita le ladrara al corpulento hombre sudoroso de la compañía "Mudanzas Temibles". Se lo merecía por haber dejado caer las pesadas cajas en el lugar que le dio la gana y haber convertido su perfecto cuarto en un almacén.

—Esto es sólo temporal —suspiró.

—¿Qué dices? —Claire estaba de rodillas en el piso junto al ventanal, hurgando en una caja, buscando sus piyamas.

—No, nada.

—No me odies por guardar tantos cachivaches —Claire levantó la vista y se mordió el labio inferior.

—Siempre y cuando tú no me odies a mí por ser hermosa.

Massie trataba de disimular su frustración, pero no era fácil. En medio del cuarto había seis cajas y dos maltratados bolsos de marinero. Si fueran baúles con las iniciales YSL, Massie podría mirarlos sin sentir que los ojos le lastimaban. Sin embargo, las únicas iniciales que veía eran CSL, las de Claire Stacey Lyons, y estaban escritas con marcador negro.

—Bueno, ésas son todas —dijo el fornido hombre, aflojándose el cinturón, arqueando la espalda y bostezando.

—¿Dónde van a poner todo esto? Este cuarto es grande, pero incluso así…

—Ése es asunto mío —dijo Massie, haciendo un gesto con la mano. Le indicó la puerta y la cerró de un portazo cuando el hombre salió.

Claire se dejó caer de panza, recostando la cabeza sobre un montón de ropa.

—Él tiene razón, ¿dónde vamos a poner todo esto?

—Te doy una pista: son de plástico verde y las recoge un camión todos los miércoles en la mañana —dijo Massie.

—¡No voy a tirar todo esto a la basura! Lo he guardado desde pequeña.

Massie apretó tanto los puños que las uñas se le clavaron en la palma de las manos. No sabía cuánto tiempo más podría mantener la calma. Respiró hondo y sacudió las manos.

—Bueno, me parece que llegó la hora de una "escena de desempaque".

—¿Una qué? —Claire frunció el ceño.

—¿Has visto en el cine cuando los personajes tienen que arreglar su casa después de una fiesta descomunal, antes de que regresen sus papás?

—¡Ah! Me encantan esas escenas —dijo Claire, entrelazando las manos.

—¿Has notado cómo siempre se las arreglan para terminar antes de que termine la canción?

—¿Qué canción?

—Cualquier canción que estén tocando en la película.

—Sí, supongo —dijo Claire.

Massie oprimió el botón de tocar en su reproductor de CD. Comenzó a sonar "Lose My Breath" de Destiny's Child.

—Ponte en acción; las demás van a llegar en diez minutos

—dijo Massie, moviendo la cadera al ritmo de la canción—. Soy Beyoncé.

Massie levantó el feo trípode de metal de Claire y comenzó a cantar usando una de sus patas como si fuera un micrófono.

"... After I done everything that you asked me
Grabbed you, grind you, liked you, tried you
Moved so fast baby now I can't find you..."

Claire cruzó el cuarto con los brazos cargados de suéteres y comenzó a bailar con el maniquí de Massie. Cuando creyó que Massie no la veía, escondió los suéteres debajo de la cama.

—Vi lo que hiciste —se rió Massie—. No me importa, si no te importa a ti.

Levantó prendas interiores y calcetines de Claire, y los arrojó al piso del clóset.

—Está bien —dijo Claire, encogiéndose de hombros. Levantó un brazo del maniquí de Massie y como si les cantara a los dedos...

"... Can you keep up?
Baby boy, make me lose my breath
Bring the noise, make me lose my breath..."

Bean corría de Massie a Claire, ida y vuelta, tratando de participar en la diversión. Cuando terminó la canción, Massie saltó sobre los bolsos y las cajas, y volvió a poner la canción. Bailó cruzando el cuarto, colocando las carpetas y los libros de Claire en su escritorio, y cantando tan fuerte como podía. Era mucho más divertido fingir ser Beyoncé con alguien más en el cuarto. No se sentía tan ridícula como cuando bailaba sola frente al espejo.

De pronto se abrió la puerta del cuarto. Massie dio un alarido, pero su expresión cambió de inmediato a una de inquietud cuando vio a Todd y a Nathan bailando y simulando tocar la guitarra con la fusta Hermès de Massie.

Se dirigió resuelta hacia los chicos y les arrancó la fusta de las manos pegajosas.

—¿Dónde la consiguieron? —gritó Massie.

—En un rincón de tu clóset —dijo Todd, bostezando con toda tranquilidad.

Massie le dio a Todd dos golpes en el trasero con la fusta, tal como se los daba a su caballo Brownie, cuando quería que apurara el paso.

—Eres peor de lo que pensaba —dijo Todd, con una sonrisita burlona.

—Vete —dijo Massie, empujando a Todd para echarlo del cuarto.

También sacó a Nathan a empujones y cerró la puerta de un portazo.

—¡Puf! ¡Qué fastidio! —Massie arrojó la fusta en su cama.

—Lo siento —dijo Claire, obviamente apenada por el comportamiento de su hermano.

—No es tu culpa —contestó Massie, bajando el volumen del estéreo.

Recorrió el cuarto con la mirada, sonriendo de satisfacción. Seis cajas estaban apiladas en los rincones, cubiertas con coloridas batas de seda. Aunque no habían desempacado nada, habían logrado hacer espacio en medio del cuarto, dando la impresión de que había orden.

—Nunca voy a encontrar mis piyamas —se quejó Claire.

—Toma; usa ésta. Va con el color de tu piel —dijo Massie, entregándole una piyama de satén anaranjado rojizo.

Claire sonrió y comenzó a cambiarse de inmediato.

—¡Oh! Y ponte esto en la cintura —le dijo Massie dándole un Dixon color café—. Va a transformar esa sencilla piyama en un elegante traje de fiesta.

—Okey —Claire metió las piernas en el tubo de malla y se contorneó hasta que le llegó a la cintura.

Massie entró al clóset y abrió el cajón de la ropa interior. Hurgó entre sus prendas de seda y de satén hasta que encontró sus shorts de hombre color vino y el baby doll con el cual hacía juego. Cuando se los puso, se subió al escritorio cuidando de que no se cayeran los libros de Claire, y sacó un prendedor de oro con la imagen del sol. Se lo prendió a uno de los tirantes de su baby doll y saltó al piso.

—Bean, ¡suéltalo! —Claire estaba sentada en el suelo, tratando de quitarle a Bean una de sus calcetas rayadas. Se dio por vencida cuando comenzó a estornudar sin control y necesitó las dos manos para cubrirse la nariz.

—¡Uf! ¿Se te pegó el catarro de Dylan?

—Espero que no —contestó Claire, caminando encorvada hacia el baño, cubriéndose el rostro con la mano.

Massie puso cara de fastidio cuando escuchó a Claire sonarse la nariz.

"Esto es sólo temporal —se dijo a sí misma—; sólo un par de semanas".

—¿Quieres saber un secreto? —gritó Claire desde el baño.

—Por supuesto —le contestó Massie. Se arrojó de panza en la cama con la barbilla en las manos. Se tocó el trasero con los talones, uno a la vez.

—¿Cuántos puntos de chisme vale?

—Ninguno, porque se trata de mí.

Claire salió del baño y descolgó su mochila de la perilla de la puerta. Metió la mano en la mochila, buscó algo antes de continuar y recorrió el cuarto con la mirada.

—Voy a besar a Cam en el baile —dijo en voz muy baja.

Massie dio un salto y se cruzó de piernas.

—¡No lo creo! ¿Alguna vez has…?

—No; va a ser la primera vez —sonaba más bien como una confesión—. Pero él es mi príncipe; lo sé. Se portó bien conmigo antes, cuando yo todavía usaba Keds.

Massie no sabía qué decir. Le pasaron miles de preguntas por la mente. "¿Cómo vas a saber qué hacer? ¿Tienes miedo? ¿Qué sucedería si lo besaras y él se riera? ¿Qué tal si no puedes besarlo bien? ¿Y si él se da cuenta de que no sabes besar?"

—Bueno, tiene sentido —le aseguró Massie, con calma—. Ustedes ya llevan juntos varias semanas.

—Sip, y mira lo que me mandó hoy con Todd —dijo Claire, sacando de su mochila una bolsa de plástico con corazoncitos amarillos, rosas, azules y verdes. Luego metió la mano en la bolsa, sacó un puñado de corazoncitos y abrió la mano—. Tienen escritos distintos dichos de San Valentín. En mi escuela de Orlando los usábamos para predecir el futuro. Éstos son mejores, porque son más grandes y los mensajes están totalmente al día.

—¿Eh? —Massie seguía pensando en el beso. "¿Cómo podía Claire estar tan segura de sí misma?"

—Pregúntame algo acerca de chicos, del amor o de algo así —Claire dejó caer de nuevo los corazoncitos en la bolsa que tenía en la mano y la sacudió.

—Ummm… —Massie se mecía, agarrándose los dedos de los pies mientras especulaba.

—Okey, ¿ganaremos Derrington y yo el premio Cupido?

Claire tarareaba música de casa embrujada, mientras buscaba dentro de la bolsa. Sacó un corazoncito verde, se lo acercó al rostro y entrecerró los ojos para leer las letritas: **"El amor obra en formas misteriosas"**.

Massie saltó de la cama tan rápido, que casi se cae sobre su perrita Bean.

—¿Y qué quiere decir *eso*?

—Ahora te lo tienes que comer. Es una tradición —explicó Claire, poniendo el corazoncito frente al rostro de Massie.

—¡Uf! No, no lo quiero —Massie hizo un gesto de rechazo—. Quiero intentar de nuevo.

—¿Por qué? Fue un mensaje positivo. Te lo prometo; confía en mí. Tengo mucha experiencia en esto.

Massie tomó el dulce, se lo metió en la boca y lo masticó lo más rápido que pudo.

—Ahora te toca a ti.

—Okey —Claire cerró los ojos y se sentó en el borde de la cama de Massie—. ¿Voy a besar a Cam en el baile "Caza romántica"?

Claire metió la mano en la bolsa, tomó un corazoncito amarillo y leyó en voz alta: **"Ni lo sueñes"**.

Se sonrojó y movió sus ojos azules de un lado a otro, como si mirara una mosca volando por el cuarto.

—Imposible. Tienes razón; debemos volver a hacerlo.

—¿Volver a hacer qué?

Massie volteó hacia la puerta del cuarto. Dylan y Alicia acababan de entrar.

—¿Volver a hacer qué? —Dylan preguntó por segunda vez.

Tenía puesta una piyama blanca de franela con estampado de rollitos de sushi por todas partes. Alicia llevaba un kimono dorado con pantalones negros de seda para karate. Tenía el cabello recogido muy sexy. Era la primera vez que Massie la veía con ese peinado.

—¡Oh!, nada —Massie deseó haberse puesto el camisón negro de encaje—. Claire estaba diciendo que deberíamos mover otra vez esa caja pesada.

Señaló hacia las cajas apiladas en un rincón. Sabía que Dylan se sentiría excluida si se hubiera enterado de lo que en realidad había sucedido. Además, Massie no estaba de humor para enfrentarse a la irracional inseguridad de Dylan.

—¿Dónde está Kristen?

—Dijo que ya tenía cómo llegar —comentó Dylan, encogiéndose de hombros. Luego tosió y echó una mirada rápida a su alrededor.

—Esto ya casi se está pareciendo a mi cuarto —y tosió un poco más.

Alicia se rió.

—Relájate, es sólo temporal —dijo Massie.

—¿Dónde vamos a tener nuestra piyamada? —preguntó Alicia—. Ahora la caballeriza es un gimnasio, están a punto de demoler la casa de huéspedes y los demás cuartos están ocupados.

—¡Uf! —Massie ni siquiera había pensado en eso.

—Todo esto es culpa mía; lo siento mucho —dijo Claire, apurándose a recoger sus pertenencias y a esconderlas detrás del escritorio de Massie y debajo de la alfombra.

—No importa —Massie trataba de sonar convincente, pero no era fácil. Sentía que las cosas de Claire le estaban quitando el oxígeno al cuarto y era difícil respirar.

—Tendremos aquí la piyamada. Nos vamos a divertir. Oprimió un botón en el intercomunicador blanco junto a su cama y se acercó a la bocina.

—Inez, ¿nos puedes traer cinco bolsas de dormir?

—Sí, por supuesto —contestó la voz chillona de Inez.

Massie respiró profundamente y trató de relajarse. Ya sentía que la tensión en la parte de atrás del cuello se desvanecía, hasta que olió un perfume con aroma de almizcle.

—¡Uf! ¿Qué es *eso*? —Massie volteó hacia el olor y se encontró con los ojos de Nina.

—Hola Masiii, estaba hablando con tu papá —dijo Nina, como ronroneando. Tenía el cabello recogido igual que Alicia—. Es taaan dulce.

A Massie comenzaron a humedecérsele las axilas.

Nina estaba vestida con un camisoncito negro con cortes a los lados. Pequeñas cintas entrecruzadas intentaban sujetar los lados del camisoncito, y Massie no podía quitar la vista del diseño de diamante que formaban en la piel desnuda. Un par de botines dorado metálicos completaban su indumentaria.

—¡Huy! Pensé que no se permitían películas en mis piyamadas —le dijo Massie de mal humor a Alicia.

—No se permiten —Alicia se quedó mirando a Dylan y a Claire completamente confundida.

—Entonces, ¿por qué estoy mirando *Lady and the Tramp?* —Massie fulminó a Alicia con la mirada, como si Nina no existiera.

Dylan soltó una carcajada. Claire soltó una risita y se tapó la boca con la mano. Alicia abrió exageradamente los ojos y ladeó la cabeza hacia su prima, deseando en silencio que Massie comprendiera y tuviera compasión. Estaba tratando de que se diera cuenta de que su mamá la había obligado a llevar a Nina; que no le había quedado más remedio. Por supuesto, Massie comprendió de inmediato; ella entendía muy bien esas cosas; pero no iba a perdonar a Alicia así nada más.

—Tú sabes que estas piyamadas son muy exclusivas. Nunca hago excepciones —Massie se paseaba por el cuarto, con los dedos entrelazados en la espalda—. Pero como Nina *no* tiene amigas de su edad, dejaré que se quede, por pura lástima; pero sólo esta vez.

Massie volteó a fijar sus ojos directamente en los de Nina, maquillados exageradamente.

—Espero que para antes del próximo viernes por la noche alguien encuentre alguna razón para invitarte.

—Posiblemente esa persona sea tu noviecito Derringtons —dijo Nina, con una sonrisa bribona—. Lo vi revisándome de arriba a abajo en la fiesta del domingo pasado.

Massie se dio cuenta de que sus amigas respiraban con dificultad, y sintió el impulso de empujar a Nina y darle una paliza. En cambio, apretó los puños y suspiró. Mientras Nina siguiera llamándolo Derringtons, con una *s,* no tenía de qué preocuparse.... ¿verdad? Pero, por si acaso, Massie se aseguraría de enviarle un e-mail con una bonita foto de ella en Aspen, sólo para estar segura.

—Yo nunca había visto un cuarto totalmente blanco. Se ve tan inocente y virginal. Y mira... —Nina apuntó hacia los maniquíes—. Masiii todavía juega con muñecas.

—No son muñecas, Nina. Y probablemente cuestan más que todo tu...

—¡Eh! —Kristen estaba en la puerta del cuarto, con las mejillas enrojecidas por el frío. Tenía puesto un camisón de franela a cuadros negros y blancos y una de las gorras de piel de conejo de Massie—. ¿Saben lo difícil que es andar en bicicleta con este camisón tan largo?

—¿Por qué viniste en bicicleta? Es invierno. —Nina sonaba sinceramente preocupada.

—Estoy tratando de mantenerme en forma. Las finales de fútbol femenino serán muy pronto.

Claire asintió, como si comprendiera perfectamente; pero Dylan puso cara de fastidio, y Massie y Alicia soltaron una risita.

Kristen se miró sus Pumas negros y morados.

—Eres muy astuta. Seguramente por eso tus piernas son tan sexy, con buenos músculos.

—¿Crees que mis piernas son sexy? —Kristen se levantó el camisón y se miró las pantorrillas, como si las estuviera descubriendo por primera vez.

—¿Ven? Les dije que no estaba perdiendo el tiempo —dijo, mirando a Massie, Dylan y Alicia.

—¿Perdiendo el tiempo? Por fa-voor —Nina sonó horrorizada. Señaló hacia las piernas flacas de Massie y se rió.

—¿Preferirías tener unas piernas débiles como las de ella, por andar siempre en limusina? —Nina sacudió la cabeza con repugnancia.

—¡Nina! —Alicia miró a Massie, pidiéndole disculpas con los ojos en nombre de su prima tan maleducada.

Massie no demostró estar enojada. ¿Por qué darle a Nina esa satisfacción? En cambio, levantó la mano como diciendo: "No importa".

—Pues me fascinan mis piernas de limusina —Massie hizo punta con los dedos del pie, como una bailarina profesional—. Son elegantes.

—Sí, si consideras elegantes dos palos de escoba con pantuflas peludas —Nina se rió.

Massie se alegró de oír que golpeaban a la puerta, ya que no tenía una buena respuesta para Nina y no pensaba admitir una derrota diciendo en tono burlón, "¡Lo que tú digas!".

—Entra —gritó Massie, con la voz más alegre que pudo.

Inez empujó la puerta con la punta de uno de sus zuecos negros de plástico. Venía cargando una pila de bolsas de dormir rosas y moradas que le cubrían el rostro. Massie las colocó en el baúl con espejos al pie de la cama.

—Gracias, Inez —dijo antes de cerrar la puerta.

—Vamos a acomodarlas —Massie, Claire, Alicia y Dylan comenzaron a hacer espacio en medio del cuarto.

Kristen cruzó el cuarto arrastrando los pies y se detuvo junto a Nina.

—¿Juegas al fútbol? —le preguntó Kristen.

—Prefiero correr detrás de los jugadores, más que detrás

de la pelota —dijo Nina, en un susurro.

Dylan y Alicia soltaron una risita.

—A mí me gusta hacer las dos cosas. Estoy obsesionada con David Beckham —dijo Kristen, en voz baja—. Hasta puse su cumpleaños como combinación del candado de mi bicicleta.

—¿0-5-0-2? —a Nina se le iluminó el rostro.

—Sip. ¡Exacto! —se rió Kristen, chocando con ella las palmas en alto.

Massie arrojó al piso accidentalmente la pila de bolsas de dormir.

—Con ese corte de pelo ya te pareces a él —Massie se inclinó a recoger las bolsas, evitando a propósito la mirada de Kristen. Sabía que su comentario era mal intencionado, pero Kristen estaba comenzando a actuar como si fuera la mejor amiga de Nina, y necesitaba una bofetada verbal.

—¿Sabes que Victoria, la esposa de Beck, tenía el cabello corto cuando él se enamoró de ella? —comentó Nina.

—Tienes razón —Kristen se quitó la gorra de piel de conejo y la lanzó a la cama de Massie—. Se me había olvidado eso.

Massie distribuyó las bolsas de dormir como rayos de bicicleta formando un círculo perfecto, con las cabezas hacia el centro.

—Lo siento, Nina. Sólo tengo cinco, pero te puedo ofrecer una toalla.

—No te preocupes —Nina se recostó en la cama de Massie y comenzó a rebotar en ella—. Puedo dormir aquí.

—No, Nina, ¡no! —le suplicó Alicia—. Acuéstate conmigo en mi bolsa.

—No, así está bien. Ustedes pueden dormir en el suelo, pero yo ya tengo trece años y *necesito* una cama.

—Entonces vete a tu casa, abuelita. En esa cama no puedes dormir.

Massie corrió hacia Nina y la sujetó por los tacones de sus botines dorados.

—¡Suéltame! —gritó Nina.

Massie jaló lo más fuerte que pudo y arrastró a Nina boca abajo sobre el edredón. El camisón negro se le subió tanto que dejó al descubierto una tanga enterrada en la raya de las asentaderas.

Massie pegó un grito.

—¡Nina! Alguien te puso una letra en el trasero.

Las chicas rompieron en carcajadas.

Aunque Nina pataleaba, Massie no le soltaba las botas. Nina seguía agitando los brazos y las piernas, como si fuera un títere con espasmos musculares. Massie contó mentalmente hasta tres y dio un jalón lo más fuerte que pudo.

—¡Ajá!

Massie se cayó hacia atrás con el par de botines dorados en las manos.

—¡Puf! —lanzó los botines al otro lado del cuarto.

—¿Estás bien? —Alicia le preguntó en voz baja a Nina.

—Sí —Nina se dirigió a Massie—. Si tienes tantas ganas de probarte mis botines, sólo tienes que decírmelo.

Massie fingió no escucharla.

—¡Ah!... ¿Puedo probármelos? —preguntó Dylan, tímidamente.

—¿Yo también? —dijo Kristen.

Claire logró no meterse en el drama, ya que estaba acomodando por quinta vez las bolsas de dormir.

—Por supuesto —Nina sonrió, mirando a Massie.

Massie pateó los botines hacia Kristen y Dylan, quienes se lanzaron sobre ellos como divas necesitadas de algo de alta moda. Cada una tomó uno de los botines y se lo puso.

—Traje de España dos maletas llenas de botas y botines —dijo Nina, recogiéndose de nuevo el enmarañado cabello—. Les puedo prestar los que quieran y cuando quieran.

A Kristen y a Dylan se les iluminaron los ojos. Las dos perdieron el equilibrio y se chocaron.

Kristen apoyó el brazo en el hombro de Dylan y se sacó el botín de un tirón.

—Me quedan grandes —dijo en tono de queja.

—A mí también —dijo Dylan, sorbiéndose la nariz—. ¿Qué número calzas?

—Número seis —respondió Nina.

—¡Mala suerte! Calzamos número "cocin".

—Cinco —dijo Dylan, poniendo cara de fastidio.

—¡Eh! Massie, nosotras deberíamos hacer nuestros propios modelos de botines el próximo viernes—dijo Kristen.

—De ningún modo —exclamó Massie.

—¿En serio? ¡Fantástico! Me fascinan las artes manuales. —A Kristen se le iluminó el rostro.

—Kris, no escuchaste bien. No dije "de algún modo" sino "de ningún modo" —dijo Massie, con una sonrisita.

Kristen miró hacia abajo y se quitó un cabello imaginario del camisón de franela.

Un silencio incómodo llenó el cuarto. Nadie sabía qué decir, ni siquiera Massie. No sabía cuánto más podría soportar a Nina. Esa chica era como un par de pantalones de poliéster: barata e irritante.

Purumpppp

Afortunadamente, el grave ruido de un pedo las distrajo.

—¡Ay! Perdón —Dylan trató de abanicar el aire con la mano.

Todas se rieron. El ruido continuó y aumentó de volumen.

—Perdón; mi hermano Todd toca la tuba en la banda de la escuela. Está practicando para el partido del viernes. Si toca bien, el director le dijo que podría marchar en la primera fila de la final.

Nina se tapó los oídos.

—Suena más bien como una morsa moribunda.

Kristen y Dylan se rieron.

—Está practicando —insistió Claire—. ¡Déjenlo en paz!

—Mi prima estaba bromeando —les aseguró Alicia—. ¿Cierto, Nina?

Nina se encogió de hombros y se puso los botines.

—Ella *estaba* bromeando —Alicia le puso la mano en la espalda a Claire para tranquilizarla, hasta que escuchó sonar su celular—. ¡Dios mío! ¿Y si es Josh Hotz?

—¿Por qué sería Josh? —preguntó Massie, tratando de comprender por qué Derrington nunca la llamaba los fines de semana.

—Le dije que los Lauren estaban invitados a cenar hoy —le contestó Alicia.

—¿Te refieres a Ralph? —preguntó Kristen, con una exclamación.

—Sip —Alicia se mordió el labio inferior—. ¿Crees que se lo creyó?

—¡Contesta! —la animó Dylan.

—¡Apúrate! —gritó Kristen.

—Estoy tratando —Alicia caminó sin prisa, pero gesticulando con los brazos.

Massie corrió hacia el bolsón de terciopelo azul marino de Alicia y sacó el celular que seguía sonando. Se lo lanzó a Alicia, quien lo atrapó con una mano, lo abrió con el pulgar y se lo acercó al oído, en un solo movimiento continuo. Levantó un dedo exigiendo silencio inmediato.

—¿Holaaa? —susurró Alicia con voz seductora. Sus ojos, antes con expresión alerta, se fueron cerrando lentamente.

—¡Ah! Hola, Celia —Alicia sonaba cansada y aburrida.

—Es para ti —le dijo a Nina, articulando para que le leyera los labios.

Nina le hizo señas de que no quería hablar con ella.

—Mañana —dijo en voz baja.

—Celia, Nina te va a llamar mañana —Alicia cerró el celular—. ¿Por qué no quieres hablar con tu hermana? —le preguntó.

—Es aburrida.

—¿Podemos hacer algo divertido? —insistió Massie.

—¿Como qué? —preguntó Dylan.

—Juguemos a "Usar o penitencia" —sugirió Massie.

—¡Sííí! —gritaron las demás.

—¿Es un juego para niñitas? —preguntó Nina.

—No, es divertido —le aseguró Claire—. Si no haces la penitencia tienes que usar…

—¿Quién quiere un maquillaje sexy, estilo español? —la interrumpió Nina.

Kristen y Nina chocaron las palmas en alto, pero Alicia apenas levantó la suya.

—Deberías comenzar con un cepillo para el cabello y re-movedor de maquillaje —murmuró Massie.

Claire se tapó la boca con la mano y soltó una risita. Alicia bajó el brazo.

Nina se acercó a las bolsas de dormir y se sentó sobre la de Massie. Vació en el piso una bolsa llena de exóticos cosméticos españoles y los distribuyó como si un jugador de cartas estuviera repartiéndolas.

Massie apuntó las bocinas directamente hacia Nina, haciendo retumbar su CD de Destiny's Child. Se rió consigo misma, mientras corría hacia el baño por su plancha wafflera para rizar el cabello en zigzag.

—¿Quién quiere rizarse el cabello en zigzag?

—Muy chistosa —Kristen se jaló el corto cabello rubio.

Nina tocó ligeramente a Kristen en el brazo y articuló "No te preocupes".

Dylan se echó el rojizo cabello detrás del hombro.

—Si me rizaras el cabello en zigzag, nunca lograría pasar por la puerta.

—Te ves absolutamente hermosa tal como eres, Diilan.

Dylan sonrió y se acercó aún más a Nina.

—Puedes rizar en zigzag mi cabello —se ofreció Claire.

—Y el mío también —la secundó Alicia.

—¡Perfecto!

Massie conectó la plancha wafflera en el tomacorriente, apiló contra su cabecera muchos cojines morados rellenos de plumas de ganso y se reclinó.

—Vengan y siéntense aquí —dijo, dándole palmaditas al edredón.

Alicia y Claire se sentaron frente a ella, con las piernas cruzadas.

La luz roja centelleó en un lado de la plancha wafflera.

—Ya está lista.

Massie tomó un mechón del cabello rubio plateado de Claire y lo comprimió entre las planchas corrugadas. Cuando lo soltó, una bocanada de humo subió hasta el techo; el cabello de Claire quedó rizado en zigzag.

Claire se tocó la parte de atrás de la cabeza.

—Es genial. ¡Yo quiero una plancha igual!

—Se ve a-som-bro-so. —Massie tomó un mechón de Alicia.

—Diilan, ¿a quién vas a invitar al baile? —Nina gritaba tratando de que la escucharan a pesar de la música, mientras colocaba relucientes pestañas postizas en los párpados de Dylan. Kristen estaba junto a ellas, pintándose los labios color rojo vino.

Massie trataba de escuchar disimuladamente la conversación, mientras rizaba en zigzag el cabello de Alicia. Mientras más hablaba Nina con sus amigas, más apretaba Massie la plancha wafflera.

—¿Huelen a algo quemado? —preguntó Alicia.

Massie soltó rápidamente la plancha y trató de abanicar con la mano el humo del cabello chamuscado de Alicia.

— No —contestó Massie.

—Todavía no sé a quién invitar —Kristen se mordió el labio.

—Yo tampoco —murmuró Dylan, mientras Nina le pegaba las pestañas postizas.

—Escoge al que bese mejor —asintió Nina.

—¿Y quién sería? —preguntó Kristen.

—¿No sabes? —Nina dejó caer las pestañas en la piyama de Dylan—. ¡Dios mío! Actúan como si nunca hubieran estado en situaciones románticas.

Kristen se quedó callada, y Dylan estornudó.

—Por supuesto que ustedes sí han besado a chicos antes, ¿verdad? —dijo Nina, dirigiéndose a las que estaban en la cama—. ¿Verdad?

A Massie se le aceleró el corazón. No podía permitir que Nina supiera la verdad.

—Yo no beso y luego cuento.

Deseó en silencio que Claire y Alicia la respaldaran. Y lo hicieron al no decir ni una palabra.

Nina se acercó al interruptor en la pared y bajó la intensidad de las luces. Luego se acercó a Kristen y a Dylan dándole vueltas con un dedo a una de las cintas de su camisoncito.

—¿Qué tal si hacemos esto más interesante? —dijo—. Le voy a regalar tres pares de mis botas a la primera que bese a un chico en el baile.

—Pero nos quedan grandes —se quejó Dylan.

—EBay —susurró Kristen.

—O pueden usar calcetines gruesos. La oferta también es para ustedes —les dijo Nina a Massie, Alicia y Claire.

—No usaría esas botas de putita ni para calentarme.

Massie apretó un mechón de Claire en la plancha wafflera.

—¿Claire? —le ofreció Nina.

—¡No! Quiero que mi primer beso con Cam sea romántico, no parte de una apuesta.

Claire no tenía ningún problema en admitir que era virgen en cuanto a besos, y Massie secretamente deseaba poder darse el lujo de ser tan honesta. Sin embargo, una afirmación de ese tipo probablemente arruinaría su reputación.

—¿Prima? —le preguntó Nina a Alicia.

Alicia miró a Massie, luego a Nina y de nuevo a Massie.

—¡Oh! Yo estoy bien como estoy.

—Así que sólo cuento con ustedes —dijo Nina de pie junto a Kristen y Dylan.

—Yo sí —Kristen soltó una risita—, voy a intentarlo con Kemp Hurley; es un pervertido. Escuché que pone su celular debajo de la falda de las chicas para tomarles fotos. Estoy segura de que va a querer besarme.

Massie estaba horrorizada. ¿Desde cuándo se había vuelto Kristen una cualquiera?

—Yo también —dijo Dylan, tosiendo—. Voy a intentarlo con Chris Plovert. Con la pierna enyesada me va a ser muy fácil "cazarlo". No voy a tener que perseguirlo.

—¿A quién vas a tratar de "cazar"? —le preguntó Alicia a Nina.

—No voy a decidirlo desde ahora.

—Eso es suicidio social —dijo Alicia, abriendo exageradamente los ojos—. No va a quedar nadie libre.

Nina volteó a ver a Alicia.

—Por fa-voor; mírame. Puedo tener a quien yo quiera.

—¡Puf! —Massie lanzó de golpe la plancha wafflera a su mesita de noche. Se dirigió con paso firme al interruptor y subió la intensidad de las luces al máximo.

—Fíjate en tu estilo. Todo en ti dice mujerzuela.

Claire soltó una carcajada. Alicia medio sonrió y luego se mordió el labio.

—Más les vale que se porten bien conmigo —Nina fingió poner tres flechas en un arco.

—Podría "cazar" a Derringtons, Cam y Josh. No hay ninguna regla que diga que no puedo tirarle a los tres.

De pronto, Massie sintió náusea. No tenía que ser una experta en arco y flecha para saber que Nina tenía la forma perfecta. Y seguramente no tendría reparo en usarla.

—¿Qué te hace pensar que ellos querrían salir contigo? —le rebatió Massie.

—Éstas —Nina señaló sus enormes pechos.

Massie se quedó helada. Finalmente se había encontrado con la horma de su zapato.

Massie y el resto de las chicas se despertaron por el ruido que hacía la bola de demolición al golpear contra la casa de huéspedes.

—Suena como tu fiesta de cumpleaños en la que jugamos a los bolos —le dijo Dylan a Kristen.

—Sólo que mil millones de veces más fuerte —aseguró Kristen.

Las chicas salieron arrastrándose de sus bolsas de dormir y abrieron las cortinas. En muy poco tiempo la majestuosa casa de huéspedes de piedra quedó reducida a escombros y piedras.

—¡Genial! —dijeron entre dientes todas antes de volver a sus calientitas bolsas de dormir.

La luz grisácea de enero inundaba el jardín posterior de la mansión. Normalmente, los árboles desnudos, que se veían por la ventana, hacían que Massie sintiera frío, soledad y tristeza, incluso cuando nada en particular le preocupaba. Sin embargo, esta mañana se sentía bien. Ni siquiera temía el momento en que los papás de sus amigas llegaran a recogerlas, porque por primera vez Massie no se quedaría sola; Claire la acompañaría.

Cuando sonó el timbre, las chicas saltaron y se pusieron a recoger sus cosas. Claire se sentó con calma en su bolsa de dormir y comenzó a pintarse las uñas de color azul metálico.

Aunque tenía la espalda encorvada, lo que la hacía parecer un arpa, y la mitad del cabello rizado en zigzag y la otra mitad perfectamente lacio, a Massie la invadió un sentimiento de afecto hacia su compañera de cuarto.

Alguien llamó suavemente a la puerta antes de abrirla.

—Chicas, el chofer de Alicia acaba de llegar —Kendra tenía puesto un leotardo de cuerpo completo y un pañuelo Hermès color verde esmeralda atado a la estrecha cintura. Las calcetas blancas, que le ceñían las pantorrillas, terminaban en un par de Nikes de color rojo metálico. Un visor a rayas rojas y blancas, que decía "Miau" en piedras preciosas falsas, evitaba que el cabello con rayitos le molestara en el rostro.

—Mamá, te pareces a "El gato en el sombrero" —a Massie le hubiera gustado que sus amigas no hubieran visto tan horripilante vestimenta.

Claire levantó la vista. Tenía los ojos hinchados y rojos, y la punta de la nariz púrpura.

—¿Qué tiene de malo mi traje Versace de ejercicio? —Kendra se dio la vuelta como cuando los gatos persiguen su propia cola.

—¡A mí me parece excepcional! —comentó Nina.

—Por supuesto que a *ti* sí te parece —dijo Massie entre dientes.

—Le queda muy bien, Sra. Block —agregó Nina, irradiando simpatía—. ¿Cómo se mantiene en tan buena forma?

—Nina, eres tan dulce —contestó Kendra, sonrojada. Su sonrisa era amplia y sincera, a pesar de sus recientes inyecciones de Botox—. Convertimos la caballeriza en un gimnasio, así que he estado haciendo mucho ejercicio últimamente. En diez minutos va a llegar mi entrenador para darme una clase de Pilates-cardio-boxeo tailandés-Ashtanga yoga. Ustedes nos pueden acompañar si quieren.

Massie volteó hacia Alicia, mirándola con desesperación.

—¡Oh! Gracias Sra. Block, pero Nina...

Nina la interrumpió.

—Me encantaría —contestó Nina, aplaudiendo con entusiasmo. Luego su expresión cambió a una de pesar—. Pero aquí no tengo ropa para hacer ejercicio.

—Eso no es problema —respondió Kendra, saltando hacia el clóset de Massie y jalando la boa de plumas para prender la luz—. Puedes usar lo que quieras.

Massie no soportaba cuando su mamá trataba a la gente extraña como si fuera de la familia.

—¡Excelente! Gracias, Sra. Block —exclamó Nina al dirigirse hacia el clóset.

—Siéntate, por favor —le ofreció Massie en su más dulce voz —. Déjame conseguirte algo.

Massie se metió en su clóset y sacó una vieja camiseta con tirantes, manchada de sudor, y un par de pantalones deportivos Adidas, ajustados, azules con rayas blancas a los lados. En silencio bajó una caja de zapatos Prada de uno de los anaqueles, sacó unas tijeras y les hizo agujeros a los pantalones en las asentaderas.

—Aquí tienes —dijo, entregándole la ropa a Nina—. Siento no poder prestarte tenis, pero yo calzo cinco y tú, seis.

—Está bien, tengo mis botines. Les sirve a mis pantorrillas —dijo Nina, quitándose el camisoncito delante de todas y poniéndose los pantalones.

Cuando Dylan, Kristen y Alicia se dieron cuenta de que a Nina se le veía el trasero por los agujeros, comenzaron a reírse. Massie se puso el dedo en los labios en señal de silencio, y sacudió la cabeza como negando.

Kendra no se dio cuenta. Estaba agachada junto a Claire, examinándole el rostro.

—Claire, tenemos que llevarte al médico —dijo Kendra alarmada—. Tienes la cara inflamada y roja. Estás teniendo una reacción alérgica. ¿Tienes alergias a algo?

Claire titubeó y evitó los ojos de Massie.

—¡Oh! A veces soy alérgica a los perros, pero...

—¡Bean! —dijo Kendra.

La perrita salió corriendo como una bala peluda de abajo de la cama de Massie y se escapó del cuarto.

—Seguramente se me está pegando el catarro de Dylan —contestó Claire.

—No es por ofenderte Claire, pero yo no me veo tan mal.

—No es Bean; es imposible —dijo Massie, dándole un codazo en las costillas a Dylan.

—¿Está mi mamá? —le preguntó Claire a Kendra.

—Fue a una venta de manualidades en la iglesia. ¿Por qué? ¿Tienes dificultad al respirar? ¿Se te está cerrando la garganta? ¿Puedes tragar?

—Estoy bien —susurró Claire—. Sólo me siento caliente y tengo comezón.

—Entonces dejamos esto para después de mi clase. ¿Lista, Nina?

—Sí —Nina se empapó el cuello con perfume con olor a almizcle y salió a saltitos siguiendo a Kendra.

Massie sintió que le pesaba la mandíbula y se quedó boquiabierta.

—Lo siento —Alicia se colocó el bolso de fin de semana de Coach sobre el hombro y se encogió de hombros—. No la voy a volver a traer; te lo prometo.

"Más te vale que no lo hagas" quiso decir Massie, pero no pudo pronunciar ni una sola palabra. Se sentía como si tuviera el cuerpo lleno de crema de malvavisco. Ya era bastante difícil ver a Nina hacer amistad con su mamá, pero ¿y la alergia de Claire a Bean? Massie no comprendía su mala suerte. Ahora Claire tendría que irse.

Massie dio vueltas, acomodando su cuarto. Puso en la puerta tres dulceras de cristal llenas de migas de pretzels y mentas Junior, para que Inez las llevara a la cocina. Mientras arreglaba la cama para evitar ponerse a llorar, Massie trató de pensar qué ventaja habría si Claire se fuera. Por lo menos su cuarto volvería a estar arreglado. Ésa era una ventaja, ¿verdad?

Claire estaba enrollando las bolsas de dormir, sorbiéndose la nariz, probablemente pensando en lo mismo; pero Massie no tenía palabras alentadoras. Si las hubiera tenido, se las hubiera dicho a sí misma.

—¿Dónde está mi plancha wafflera para el pelo? —Massie revisó la mesita de noche, buscó entre las sábanas y levantó las almohadas, pero no la encontró.

—No sé —murmuró Claire por encima de las almohadas que llevaba en los brazos.

Inez tocó delicadamente a la puerta y entró con un canasto de mimbre lleno de sábanas limpias. Como un robot eficiente, dejó caer el canasto en el piso y se dirigió a la cama de Massie.

Quitó las sábanas, las hizo una bola y las metió en el canasto. En minutos, la cama estuvo lista con un nuevo juego de sábanas blancas.

—A mí me gustan mis sábanas moradas. ¿Qué estás haciendo?

Inez se agachó para alzar a la perrita. La metió en el canasto y sostuvo la camita de Bean bajo el brazo que le quedaba libre.

—Tengo que deshacerme de todo lo que esté cubierto de perro —explicó Inez.

—¿Qué? ¿Por qué? —chilló Massie. Podía oír a Bean lloriquear dentro del canasto.

—La señora me lo ordenó —dijo Inez y se abrió camino rápidamente hasta la puerta—, para evitar las alergias.

—¡Nooooo! —gritó Massie—. ¡No pueden hacerme eso!

Bean comenzó a ladrar.

—¿Usted cree que a mí me gusta hacer esto? —dijo Inez con mala cara—. La señora dijo que ahora la perrita duerme conmigo —y salió dando un portazo.

Massie volteó a ver la cara inflamada de Claire.

—¿Cómo pudiste quedarte ahí parada sin hacer nada? ¿Por qué no dijiste que es sólo un catarro?

Claire se rascó una roncha que se le había formado en un lado del cuello.

—Porque no lo es, pero dame oportunidad de arreglar...

—¿Cómo puedes arreglar esto? ¡Me quitaron a mi perrita! —Massie se sintió mareada y se apoyó contra el escritorio—. ¿Te hubiera gustado que alguien llegara a tu casa y se llevara a Todd?

—¡No puedes comparar a tu perrita con mi hermano!

—Claire estaba haciendo rodar el frasquito de esmalte azul para uñas entre las palmas de las manos.

—¡Claro que puedo! —gritó Massie.

En ese preciso instante, Todd comenzó a hacer retumbar su tuba, *¡desentonando!* Massie golpeó varias veces en la pared.

—Ojalá alguien se lo *llevara* a él. Entonces tú podrías quedarte en ese cuarto y yo tendría de nuevo a Bean.

De pronto aumentó el volumen de la tuba, como si se hubiera acercado a la pared a propósito.

—¡Tu familia está destruyendo mi vida!

Los ojos azules de Claire parecieron endurecerse y adquirir un tono más oscuro. Obviamente se sentía ofendida, pero Massie estaba demasiado disgustada por lo de Bean como para disculparse.

—¿Yo estoy destruyendo *tu* vida? —Claire sintió que le temblaba el cuerpo por la ira, lo que probablemente hizo que le brotaran las lágrimas—. ¿Cómo puedes decir...?

Claire hacía rodar más rápido el frasquito de esmalte para uñas. Accidentalmente la tapa se abrió y el esmalte azul metálico salpicó la piyama color anaranjado rojizo que Massie le había prestado.

Claire miró a Massie boquiabierta, con los ojos exageradamente abiertos, como si alguien hubiera saltado de atrás de la cama y le hubiera roto encima un globo lleno de agua.

—¿Cómo puedo decirlo? ¡Qué cómo puedo decirlo! —preguntó Massie—. ¡Arruinas todo lo que me pertenece! Se dirigió con paso firme al baño y dio un portazo. Antes de ponerse a llorar, abrió las llaves en forma de cisne del lavabo y de la ducha. Nadie podía oírla llorar, excepto Bean. Y ahora se *la* habían llevado. Después de lloriquear diez minutos, se le pasó un poco el enojo y, en su lugar, la invadió una sensación de inquietud. Estaba lista para llegar a un arreglo con Claire. Posiblemente podrían llegar a un acuerdo con respecto a Bean. ¿Podría Claire dormir bajo un mosquitero o usar un tapabocas? Ella se podría comprar otra piyama de color anaranjado rojizo, ¿verdad? Massie cerró las llaves del agua, tomó el picaporte plateado y abrió la puerta del baño. Entró cautelosa al cuarto sin estar segura de qué era lo que temía.

—¿Claire? —preguntó Massie, dócilmente—. ¿Estás ahí?

—Sip —la voz de Claire sonaba apagada, como si viniera de adentro de una caja.

—También yo —dijo otra voz apagada.

Massie metió la cabeza en el clóset y vio a Claire de pie junto a Layne.

—¿Qué estás haciendo aquí?

—Le dije a Claire que vendría hoy a ayudarla a desempacar. —Layne tenía puesto un sombrero rosa para la lluvia parecido al que Kristen había llevado a la escuela el otro día y un traje enterizo rosa brillante con el cierre bajo, hasta dejar a la vista un suéter rayado negro y amarillo. Traía una mochila beige a los hombros.

—¿Qué tienes puesto? —le preguntó Massie—. ¿Llegaste en paracaídas?

—¿Sabes? No le dejaste mucho espacio en el clóset —dijo Layne.

—Está bien, Layne —dijo Claire empujando a Layne fuera del clóset.

—¡No, no está bien! Es totalmente injusto —insistió Layne, molesta.

—¡Eh! Layne, toc toc —Massie se puso las manos en la cadera.

Claire suspiró.

—¿Quién es? —preguntó Layne, feliz de intervenir.

—Fue.

—¿Fue?

—¡Fuee-ra! —Massie giró sobre un talón y salió del clóset con paso firme. Dio un portazo al salir y puso el seguro dejando a Claire y a Layne encerradas en el clóset. Por primera vez ese día Massie se pudo reír.

—Déjanos salir —Layne golpeó en la puerta—. Si no lo haces, voy a embarrar sal de jalapeño en tus valiosos suéteres de cachemir.

—¡Hazlo! Claire ya destruyó la mitad de mi guardarropa. Bien podrías terminar de hacerlo. Nos vemos más tarde —gritó Massie—. Buena suerte al organizar. Simuló alejarse dando pisadas fuertes en el piso de madera. Después de unos segundos, Massie se quitó un arete de diamante y pegó la oreja a la puerta.

Layne estaba jadeando.

—¡Cálmate! Al final nos va a dejar salir. Dime, ¿qué ha pasado? —Claire estaba obviamente tratando de distraer a Layne del hecho de que estaban atrapadas—. ¿Cómo está Eli? ¿Siguen juntos?

—Terminé con él anoche en el mensajero; le escribí: "NO +".

Ambas soltaron una risita.

—¿Por qué?

—Me dijo que se topó con Alicia y Nina en el mostrador de maquillaje de MAC —dijo Layne.

—¿Así que por fin te cansaste de salir con un tipo que usa delineador?

—No; él se obsesionó con Nina. No dejaba de hablar de ella. Le fascinan sus botas sexy, su vestimenta alocada y su acento exótico. Lo juro, la Nina-manía se está transmitiendo más rápido que la gripa de Dylan.

—Vamos a preguntarle a los corazoncitos.

—Okey —dijo Layne—, corazoncitos ¿debemos esconder a nuestros enamorados? ¿Es Nina una robachicos?

Claire soltó una risita. Massie apretó más la cabeza contra la puerta. Escuchó el crujir de la bolsa y los corazoncitos chocando entre sí.

—Dice **"Diablita"**.

Massie sintió que se le revolvía el estómago al escuchar que Claire y Layne se quedaron sin aliento. Quiso entrar corriendo al clóset y pedirles que la ayudaran a hacer un plan para deshacerse de Nina.

—¡Tenemos que frenar a esa chica! —gritó Layne—. Es nuestro deber ponerle fin a Nina, la Maquinaria Sexy.

En ese momento sonó el celular de Massie. Ella trató a tientas de oprimir la tecla de ignorar, pero ya era demasiado tarde.

—Massie, ¿estás ahí? —gritó Claire.

—Abre —Layne empezó a darle golpes a la puerta.

—Massie, no seas así, queremos ver una película —le rogó Claire.

Massie le quitó el seguro a la puerta con una mano y contestó el celular con la otra.

Layne y Claire salieron de golpe del clóset y del cuarto.

Massie las ignoró.

—Hola… ¡Ah! Kristen, ¿qué pasa? ¿El candado de tu bicicleta? ¿Quién se llevaría el candado y dejaría la bicicleta? Bueno, yo tampoco encuentro mi plancha wafflera para el pelo…

En ese preciso momento se dio cuenta de que había un espacio vacío en el anaquel con los sabores Glossip Girl, donde antes estaba su lápiz labial con sabor a Cotton Candy.

—Me parece que sé quién lo hizo —se acordó de los diez minutos que había estado en el baño, mientras Claire se había quedado sola en el cuarto. Posiblemente Claire llamó a Layne y le pidió que se robara el candado en su camino a la mansión. Massie había visto a la inocentona hacer diabluras cuando estaba enojada, y sabía que robar no era algo que la pudiera intimidar.

—Voy a averiguarlo; tengo varias ideas. Te llamo luego.

—Okey —dijo Kristen antes de colgar.

Massie bajó sigilosamente al cuarto de Inez y raptó a la perrita. Corrió escaleras arriba, y dejó que Bean corriera y jugara entre la ropa de Claire.

—La venganza es dulce —dijo, dándole palmaditas a Bean en la cabeza—. Es un dicho muy acertado.

ESTADO ACTUAL DEL REINO

IN	OUT
CONCURSO DE BAILES	CONCURSO DE BESOS
RESFRÍOS	ALERGIAS
COMPAÑERAS DEL ALMA	COMPAÑERAS DE CUARTO

Claire estaba sentada en el asiento trasero de la Range Rover de los Block, con la frente apoyada contra la fría ventanilla. Era todo lo que podía hacer para no vomitar.

—Todd, ¿podrías dejar de tocar esa cosa siquiera un segundo? —gritó Claire en dirección al último asiento.

—Tengo que practicar —contestó Todd—. Tengo que tocar hoy en el medio tiempo.

—Pues me está causando náuseas.

—Yo no estoy manejando —exclamó Todd, separando los labios de la boquilla.

—¡Todd! —le gritó Judi.

Él respondió, produciendo un corto sonido en la tuba.

—Ma, ¡no frenes tan fuerte! —dijo Massie, irritada después de darse un cabezazo.

A Claire le dio gusto que alguien por fin hubiera dicho algo acerca de la espantosa forma en que manejaba Kendra.

—No soy yo, son mis zapatos —explicó Kendra.

El auto dio tres sacudidas más antes de entrar al estacionamiento de la Academia Briarwood.

—Los nuevos Prada de tacón corrido pesan más de lo normal.

—¡Kendra! Tú y tus zapatos —dijo Judi, riéndose y suspirando—. ¡Eres tan graciosa!

Claire sabía que a su mamá no le hacía gracia una mujer adulta que culpaba a su calzado de diseñador famoso por su errática forma de manejar. Sin embargo, últimamente todos habían estado tratando de ser más tolerantes unos con otros.

—Ahí hay lugar —gritó Judi.

Kendra frenó de golpe, y Claire se dio un golpe en la cabeza contra la ventanilla. Massie se rió entre dientes y metió la mano en su bolso sin asas, con plumas azules oscuras, para sacar lo que debió haber sido el más reciente tubo labial que recibió de Glossip Girl, ya que Claire no reconoció el aroma. Por el rabillo del ojo vio que Massie se ponía el brillo labial. En la última semana Claire había tenido cuidado de no demostrar interés por nada de lo que hacía Massie. No volvería a ponerle atención hasta que Massie le pidiera disculpas por haberla acusado de destruir su vida. En realidad, sólo iba con Massie al partido porque les habían prometido a Cam y a Derrington que irían, si prometían no escaparse de ellas durante la "Caza romántica". Claire tenía toda la intención de cumplir con su promesa a Cam, aunque tuviera que sentarse junto a Massie, ir en el auto con Kendra y escuchar la tuba de Todd.

—¡Uf! ¡Esto huele espantoso! —Massie sacó un atlas del bolsillo del respaldo del asiento y se limpió los labios en Ohio—. ¡Sabía que Taco Belle sería horrible!

Claire se estremeció tratando de contener la risa.

—¿Por qué no te robaste éste? —dijo Massie entre dientes.

Claire estaba cansada de defenderse de las acusaciones de Massie. Lo había estado haciendo toda la semana. Ahora era el momento de probar otra estrategia.

—No me gusta la comida mexicana, pero si te llega uno con sabor a Mac'n Cheese te lo voy a robar.

—¿Así como te robaste el de sabor a Cotton Candy?

—Exactamente —Claire volteó hacia la ventanilla.

Kendra frenó y volteó a ver a Massie por el espejo retrovisor.

—¿Por qué están ustedes dos tan elegantes por un simple partido de fútbol?

—Sólo vinimos a ver a Todd tocar su flauta con la banda.

—Tuba —corrigió Judi—. Todd toca la tuba.

Massie se miró las mallas azules, la minifalda de cuero negro y las botas que le hacían juego, como si fuera la primera vez que veía su atuendo.

—Yo no diría que es "elegante" —hizo comillas con los dedos cuando dijo *elegante*—. He tenido estas botas desde hace casi tres meses.

—Pues Claire definitivamente se arregló más formal de lo normal —Judi volteó y observó a su hija—. ¿Qué están celebrando?

Por primera vez en siete días, Claire fijó la mirada en los ojos de Massie. En silencio le rogaba que no les dijera a sus mamás que se habían arreglado para Cam y Derrington. Claire sabía que su mamá hubiera querido tomar fotos de ella después del partido, correteando a Cam con un arco y flechas. Ya había estado en suficientes situaciones humillantes en los últimos meses.

—¿Desde cuándo es pecado usar mi vestido verde de Navidad con encaje para ir a un partido de fútbol? ¿Para qué comprar algo y sólo usarlo una vez al año?

—¡Ah! Puedo darte mil razones —dijo Kendra sonriendo y dándole un manotazo juguetón a Judi en el brazo.

—Además, me lo puse sobre jeans, lo que le da un estilo informal —gritó Claire, tratando de hacerse oír por encima del ruido de la tuba de Todd.

Massie pasó el brazo al asiento de atrás y pellizcó a Todd en el muslo para que dejara de tocar.

—Si por *informal* quieres decir *de limosnera*, sí le da ese estilo —cuando terminó de decirlo, dejó de pellizcar a Todd.

—Dejando a un lado el guardarropa, me parece genial que hayan venido a ver a Todd —Judi parecía satisfecha.

Claire no pudo evitar mirar a Massie después de lo que dijo su mamá. Quedó sorprendida cuando se dio cuenta de que Massie la miraba a ella, haciéndole un guiño y sonriendo a medias. Claire le devolvió la sonrisa.

—Sé que él se los agradece, ¿verdad mi amor?

Esta vez Judi giró por completo para poder ver la expresión de gratitud de su hijo.

Todd hizo sonar dos gemidos largos parecidos al que hacen las sirenas de niebla. Claire y Massie se dieron la vuelta y, al mismo tiempo, cada una le dio un manotazo en las piernas. Terminaron riéndose.

Por fin Kendra estacionó el auto y todos se bajaron. Aunque Claire se sintió tentada a besar el pavimento, respiró profundamente cinco veces y le pidió a su mamá dinero para un Ginger Ale. Judi le dio tres dólares y les hizo prometer que regresarían a tiempo al auto después del partido.

—¡Oh! Tenemos que hacer algo después del partido —dijo Claire, volteando hacia su mamá.

Buscó a Massie para que la ayudara. Lo último que quería era que su mamá la viera correteando a chicos en una cancha de fútbol un viernes en la noche. Afortunadamente, Massie opinaba lo mismo.

—Sip —gritó—. Dean, el chofer de Alicia, nos va a llevar a casa. Regresaremos antes de la cena. ¡Buena suerte, Todd!

—Gracias —dijo Todd, como si le hablara a la tuba.

—Diviértanse —gritaron las mamás, diciéndoles adiós con la mano.

Massie llevó a Claire hasta Kristen, quien estaba sentada en la primera fila de las tribunas, detrás de la banca de los jugadores de Briarwood. Estaba vestida de pies a cabeza con los colores azul y anaranjado de los Tomahawks, agitando un banderín y saltando.

—Me muero por ver qué vas a hacer cuando los jugadores lleguen a la cancha —le dijo Massie con una sonrisa engreída.

—¡Eh!, qué bueno que vinieron —dijo Kristen riéndose—. Odio venir sola.

—No se nota —Claire estiró el cuello, buscando el carrito de refrescos.

—¡Eh! Buena suerte, compadre —dijo un papá barrigón con una chaqueta de cuero negro, dándole una palmada a Kristen en la espalda. Dio la vuelta y se dirigió a las tribunas opuestas.

—¡Taidio! —gritó Kristen entrecerrando los ojos y sacándole la lengua al hombre.

Claire y Massie se taparon la boca con las manos enguantadas y se rieron.

Kristen metió la mano al bolsillo de su rompevientos de los Tomahawks y sacó un lápiz labial rojo.

—¿Desde cuándo usas *eso*? —preguntó Massie.

—Desde que la gente comenzó a pensar que yo estaba en el equipo varonil de fútbol —dijo Kristen, irritada.

Las chicas soltaron una risita al verla ponerse demasiado lápiz labial Revlon color rojo sangriento.

Una vez que comenzó el partido, Kristen pareció olvidarse de su enojo. Vitoreaba cuando los Tomahawks tenían la pelota, mientras que Claire se concentraba en gritar por Cam. Para que Massie celebrara los logros de Derrington, Claire le daba una palmada cada vez que él detenía un gol. Fuera de los momentos que le pertenecían a Derrington, Claire y Kristen pasaban el tiempo de pie alentando a los jugadores, mientras que Massie permanecía sentada, bien abrigada con su abrigo de piel de borrego y dos pañuelos, jugando en su celular.

—¡Vírgenes! —alguien gritó desde atrás—. Compren aquí sus vírgenes.

Sage Redwood sostenía una bandeja con las bebidas que la estaban haciendo famosa, mientras otra chica caminaba a su lado para cobrar.

—Dame una —Claire le hizo señas con la mano, olvidándose del Ginger Ale.

—¿Tienes Perrier? —Massie miró a Kristen y luego dijo—: dame dos.

Desde que Massie había descubierto que Kristen era pobre, le pagaba por todo: almuerzos, boletos para el cine, bocadillos, accesorios, y artículos escolares decorados.

—¿Qué te parece una camiseta de "Vírgenes para siempre"? —la ayudante de Sage se abrió la chaqueta y le mostró a Massie la camiseta que tenía puesta.

Cuando Massie hizo un esbozo de sonrisa, Claire supo de inmediato que estaba a punto de hacerle burla a Sage.

—Compraría una, pero no puedo andar anunciando mentiras —se escuchó una voz, pero no era la de Massie.

Nina y Alicia estaban detrás de Sage, esperando para poder pasar y sentarse. Las dos se habían hecho trenzas tipo Pocahontas, pero hasta ahí llegaba el parecido. Alicia estaba vestida como siempre, con jeans oscuros, una cami, un blazer Ralph Lauren y su largo abrigo gris, mientras Nina tenía puesta una versión J.Lo de uniforme de fútbol: shorts de mezclilla y botas altas tipo tenis con plataforma. Para completar el atuendo, tenía puesta una camiseta de mangas largas con el número 69 en la espalda, bordado con piedras preciosas falsas. Durante el partido los chicos le ofrecían sus chaquetas, pero ella contestaba que, como era un animal de sangre caliente, no necesitaba cubrirse, y a continuación hacía como un gruñido.

—¡Ah! Por cierto... —Nina volteó hacia Massie—, gracias por los pantalones con aire acondicionado. Me fascinó poder dejar al descubierto mis asentaderas.

—Lo siento; me está costando trabajo entender lo que dices —dijo Massie, irritada—. No hablo el idioma de mujer de la calle.

—Te ves tan bien hoy; me encanta el color de tu lápiz labial —dijo Nina, dirigiéndose a Kristen e ignorando a Massie.

—¿En serio? —sonrió Kristen, encantada—, muchas gracias.

—¡Qué bueno que viniste! —agregó Kristen, dirigiéndose a Nina después de ponerse más lápiz labial.

Claire volvió a sentir ganas de vomitar. Nina le causaba más náuseas que la forma de manejar de Kendra. Se dio la vuelta y puso toda su atención en Cam, quien acababa de quitarle la pelota a uno de los jugadores de Grayson.

—¡Bravo, Cam! —gritó.

Sin embargo, le quitaron la pelota de inmediato. El número 37 la pateó al otro lado de la cancha pasándosela al número 20 y éste la pateó hacia el arco. Con un brazo Derrington detuvo el gol. Luego volteó hacia los espectadores, se bajó los shorts y meneó el trasero.

Todos los espectadores saltaron de sus asientos y aclamaron al arquero estrella.

—¡Massie! —gritó Claire—. ¡Pon atención! Derrington acaba de detener un gol. Massie se paró en su asiento y comenzó a saltar. Cam y Derrington las saludaron con la mano desde la cancha, y Claire sintió que el corazón le palpitaba con fuerza. Con los ojos brillantes de alegría, Massie volteó a mirar a Claire.

—De nada —dijo Claire.

—Mientras mejor juegue él, más fácil será que ganemos el premio Cupido —le dijo Massie a Claire—. ¿No te parece?

—Déjame ver —Claire sacó la bolsa de corazoncitos del bolsillo de su abrigo—. Corazoncitos, ¿ganará Derrington el premio Cupido?

—Déjame hacerlo. Massie metió la mano en la bolsa y sacó un corazoncito azul. **"Destino"**. Se le iluminó el rostro y sonrió alegremente.

—Sí —dijo, metiéndose un dulce en la boca y abrazando a Claire—. Me fascinan estas cosas. ¿Cómo no se me había ocurrido hacerlo?

Claire se dio cuenta de que ésa era la forma en que Massie le pedía disculpas, y decidió aceptarlas.

—¿No ha terminado este estúpido juego de Cupido? —preguntó una figura de negro abriéndose paso entre Claire y Massie.

Usaba un poncho negro, lentes negros y un chal negro le cubría la cabellera pelirroja.

—¿Dylan? —preguntó Massie, acercándose para quitarle los lentes negros a esa misteriosa persona.

—¡Shhhh! Si bi babá se da cuenta de que estoy aquí, be bata. Cree que estoy buy enferba para estar en el frío, pero no voy a perbitir que alguien más "cace" a Chris Plovert —dijo Dylan, y le dio un ataque de tos.

—¿Tu baba? —interrumpió Kristen.

—Babá, no baba. ¡Babá!

—No entiendo. ¿Es una palabra desordenada? —preguntó Kristen con una sonrisa.

—Me parece que está tratando de decir 'mamá' —opinó Claire.

—Sí, eso mismo —contestó Dylan, suspirando—; es que estoy resfriada.

—Dylan, ¿bajaste de peso? —preguntó Nina—. Te ves muy delgada.

—¿En serio? —sonrió Dylan—. A lo mejor es porque estoy vestida de negro.

—Yo creo que es porque tienes una figura muy sexy —dijo Nina, sonriendo.

—Gracias, Nina. Tú te ves muy bien con esos shorts.

Claire miró Massie y simuló meterse el dedo en la garganta.

Massie no puedo contener una risita.

—¿Es otro chiste privado entre ustedes dos? —protestó Dylan.

—¡No! —exclamaron Claire y Massie al mismo tiempo.

—Total, no be ibporta —Dylan puso cara de fastidio—. ¿Tiene alguien brillo labial? Se be están resecando los labios.

—Ten; te puedes quedar con éste —Massie le ofreció su tubo de Taco Belle.

Dylan se pasó el lápiz labial por los labios.

—¡Qué asco! —gritó, arrojando el tubo hacia la cancha de fútbol—. ¡Hasta yo puedo oler eso! ¿Desde cuándo es "Trasero apestoso" un nuevo sabor de brillo labial?

Todas soltaron una carcajada.

—Toma, usa el mío —dijo Nina, pasándole un tubo dorado de brillo. Luego hizo una enorme burbuja rosa con su chicle y sonrió cuando se le reventó en los labios brillosos.

—Mucho mejor; éste no huele a nada, gracias. —dijo Dylan sonriente, después de olerlo.

—Déjame olerlo —Dylan acercó el lápiz labial a la nariz de Claire.

—Ummm, Cotton Candy —dijo Claire, con una voz lo suficientemente alta como para que Massie la oyera. Sin embargo, Massie estaba ensimismada jugando en su celular.

—*Ummm, Cotton Candy* —gritó Claire esta vez—. Massie, a ti te gustaría éste. ¡Huélelo!

—¿Qué? —Massie volteó. Tenía los ojos llorosos, por el viento o por aburrimiento.

—Huele esto.

Massie acercó su respingada naricita al tubo, para olerlo. En cuanto lo hizo, revivió como si hubiera inhalado en una bolsa de sales aromáticas; un segundo después entrecerró los ojos.

—Nina, ¿crees que soy un banco?

—¿Por? —Nina tenía los ojos fijos en los jugadores de fútbol.

—¿Por qué me robaste? —Massie habló con voz tranquila, pero mostraba los dientes, como un perro rabioso.

—No tengo idea de lo que estás hablando.

—¡Te robaste mi tubo de brillo labial! —gritó Massie.

—Señorita, lo encontré —gritó un árbitro desde la cancha. Tenía un tubo de Taco Belle en la mano y lo movía entre los dedos. Simuló lanzarlo para dejarle saber a Massie que estaba a punto de hacerlo. Cuando lo hizo, Massie ni siquiera trató de agarrarlo, y el brillo apestoso cayó en un charco lodoso justo debajo de sus pies.

—¿Dónde está mi plancha wafflera? ¿También te la llevaste?

—¿Y el candado de mi bicicleta? —Kristen entró en la discusión.

—Nina, ¿tomaste el tubo de brillo de Massie? —Alicia sintió una sensación de pánico, como si ella fuera la acusada.

—¡No! —Nina hizo pucheros, como hacen los adultos cuando quieren que alguien piense que los han ofendido—. Están diciendo tonterías.

—¿Dónde conseguiste éste? —Massie agitaba el tubo dorado.

—Lo compré en la tienda *duty-free* del aeropuerto. —Nina se puso de pie y saltó de las tribunas. Se agachó lentamente y sacó el tubo de Taco Belle del charco.

—¿Podemos ver eso en repetición instantánea? —gritó alguien desde las tribunas.

Nina volvió a agacharse y meneó el trasero. Cuando se enderezó, los chicos en esa sección aplaudieron. Ella sonrió, los saludó con la mano y terminó haciendo una burbuja.

—A los muchachos les gusta que una haga burbujas; les recuerdan las tetas —dijo, mirando a Dylan.

—¿De verdad? —exclamó Dylan—. Dame un chicle.

—A mí también —Kristen ya había olvidado por completo el asunto del candado de su bicicleta.

Nina le pasó a cada una un chicle Bubblicious con sabor a sandía, luego volteó hacia Massie con mala cara. Levantó el tubo sucio frente a Massie, de tal forma que el lodo le goteara en el rostro.

—¡Ay! —Nina se tapó la boca con la mano—, lo siento; sólo estaba tratando de mostrarte que tu tubo es plateado y el mío, dorado. Pensé que una niña rica como tú reconocería la diferencia entre los dos, pero parece que me equivoqué.

El lodo resbaló por la mejilla de Massie.

—Límpiate —le dijo Nina—. Estás hecha un desastre.

Claire se sintió tan mal por Massie que no podía ni mirarla. Nadie la había tratado así antes, y seguramente ella estaba destrozada por dentro. Sin embargo, por fuera se veía totalmente tranquila e indiferente.

—Buena idea —Massie le quitó la tapa a su botella de Perrier, la agitó y la apuntó hacia la camiseta de Nina.

Nina gritó tan fuerte que parecía que alguien le hubiera rociado ácido en vez de la costosa agua mineral. Todos en esa sección de las tribunas voltearon a ver qué estaba sucediendo, y les encantó lo que vieron. Algunos aclamaron más fuerte a Nina que a los jugadores. Después de todo, lo único que les gusta más a los fanáticos de los deportes que un buen partido es una hermosa muchacha que usa brasier copas *D* en una camiseta empapada.

Dylan y Kristen se pararon junto a Nina e hicieron todas las burbujas que pudieron.

Claire comenzó a sentir pánico y, en silencio, les preguntó a los corazoncitos si Nina le robaría a Cam. Con calma metió la mano en la bolsa, escogió uno y, sin mirarlo, frotó las letras en relieve, tratando de imaginarse qué decían. Fue muy sencillo descifrar las primeras palabras: *El amor.*

"Sí", pensó; todo iba a estar bien. Trató de descifrar la siguiente palabra, pero era más difícil. Definitivamente, tenía por lo menos una *E*. Era probablemente algo como *El amor viene* o *El amor llega*, lo cual era bueno. Claire respiró y sacó el corazoncito de la bolsa, y leyó el mensaje.

Decía: **"El amor duele"**.

—Diez, nueve, ocho… —Massie estaba impresionada con su propia voz, gritando la cuenta regresiva de los últimos diez segundos del partido. Aunque el aburrimiento la entorpecía, no pudo evitar sentirse emocionada en la jugada anterior. Briarwood iba ganando por un gol, en siete segundos ganarían la semifinal, y por fin terminaría este partido.

—¡Nooooo! —gritó Kristen.

—¿Qué? —gritó Massie—, sin aguantar un minuto más.

—¡Fíjate! —exclamó, apuntando con el dedo hacia un veloz alumno de Grayson que pateaba la pelota hacia Derrington—. Si anota, vamos a tiempo extra y podríamos perder.

Aún más importante era que Derrington no recibiría el distintivo de "jugador más valioso", y ella se vería mal por no saber elegir novio.

—¡Detenlo!—le gritó Massie a Derrington—. ¡Deteeeenlo!

—Seis, cinco, cuatro…

Kristen y Claire se daban apretones de mano, Dylan se sonaba la nariz y Nina meneaba el trasero, imitando a las porristas. Alicia no se puso de pie sino hasta que el jugador de Grayson movió hacia atrás su musculosa pierna, hizo fuerza y pateó la pelota. Se oyó como un estallido por encima de las aclamaciones del público.

—Tres, dos…

A medida que la pelota se iba acercando al arco, ante los ojos de Massie pasaba fugazmente su popularidad. Si Derrington la detenía, él sería una estrella y ellos serían los candidatos obvios para recibir el premio Cupido. Si no la detenía…

—*¡Sí!* —gritó Kristen; abrazó a Claire y empezaron a saltar. El abrazo era tan apretado que parecía que estaban unidas por el torso.

Los Tomahawks, dando puñetazos al aire, corrieron hacia el arco. Entre todos levantaron muy en alto a Derrington y armaron una juerga como si fueran salvajes. Como Massie había estado demasiado ocupada pensando en el premio Cupido, no se dio cuenta del momento exacto en que él evitó el gol; pero, a juzgar por la reacción de todos, supuso que Derrington había hecho algo bien.

Un grupo de aficionados de Briarwood corrió hacia la cancha.

—¡Ganamos! —gritó Kristen.

—Mi escuela en Orlando era pésima en deportes. ¡Es estupendo ser parte del equipo ganador!

—¡Por supuesto! —exclamó Dylan.

—¡Eh! Massie, ¿quieres ir a la cancha a felicitarlos? —le preguntó Claire, atravesándose e ignorando a Dylan.

Una oleada de temor invadió repentinamente a Massie. "¿Y si ya no le gusto a Derrington? ¿Y si ahora que es una estrella del fútbol se interesa en una chica mayor o más bonita?"

—Cálmate Claa-ire. ¿No sabes nada acerca de chicos? Si te pones nerviosa parecerás una idiota.

—Pero si apenas acaban de ganar…

—Bueno, yo sí voy —dijo Nina, poniéndose las manos en la cadera—. ¿Me acompaña alguien?

Todas voltearon hacia Massie, quien las desafió con la mirada, como diciéndoles que no se atrevieran a irse con Nina. Cuando nadie respondió, Nina se encogió de hombros y salió corriendo.

—¿Ves? ¿Quieres parecer desesperada como *ella*? —le preguntó Massie a Claire.

Claire se mordió el labio inferior y sacudió la cabeza.

—¡Claro que no! ¿Quién necesita darse una manita? —preguntó Massie, metiendo la mano en su bolso sin asas y sacando un estuche de maquillaje Coach—. La "Caza romántica" comienza en unos minutos. ¿Alguien necesita rubor?

Nadie contestó. Estaban demasiado distraídas observando a Nina jugar con sus trenzas mientras hablaba con los jugadores. Por las expresiones atontadas de los chicos, era obvio que preferían coquetear con ella en vez de celebrar su triunfo.

—Los chicos la adoran —dijo Kristen, con un suspiro.

—¿Cómo lo hace? —preguntó Dylan.

—¡Así! —Massie dejó caer de golpe el pincel del rubor en la grada y se puso de pie. Se juntó los senos con las manos, se inclinó hacia adelante y meneó el trasero.

—¡Mamaciiiiita! —gritó un chico de octavo.

Massie le lanzó un beso a su admirador, y sus amigas soltaron una carcajada. De nuevo ella era el centro de atención, y todo parecía haber vuelto a la normalidad.

—¡Miren! —Claire dio un grito estridente, señalando hacia la cancha.

La sonrisa de Massie se desvaneció.

Nina estaba de pie entre Cam y Derrington, con un brazo en los hombros de cada uno. Los chicos parecían no darse cuenta de los festejos a su alrededor. Estaban cautivados con Nina y con lo que ella les decía.

—Es como una encantadora de serpientes, pero ahora es de chicos —dijo Dylan.

—Es sor-pren-den-te.

—¡Dios mío, Alicia! —gritó Massie—. Tenemos que deshacernos de tu prima.

—Probablemente sólo los está felicitando —opinó Alicia, jalándose las trenzas—. Estoy segura de que se trata de algo totalmente inocente.

Las chicas se fijaron cómo Nina les dio palmaditas a los chicos en las asentaderas, antes de alejarse con paso despreocupado.

—¿Vieron? Ya se fue.

—Sí, pero fíjense a dónde va —Claire se cruzó de brazos y miró a Alicia.

—¡Oh no! No se *atrevería* —Alicia se sacó las ligas de las trenzas y se desenredó el cabello, mientras Nina le entregaba una nota a Josh Hotz. Parecía que él estaba a punto de leerla, pero Nina le apretó la mano como diciéndole que esperara a que estuviera solo.

—La odio.

—¿No están siendo demasiado duras con ella? —Dylan se sacó el chicle de la boca y se lo envolvió en el dedo índice—. Sólo debemos preguntarle qué estamos haciendo mal. Nos puede dar consejos de cómo enamorar a los chicos. Con los dientes se despegó el chicle del dedo y se lo volvió a meter a la boca.

—¿Te parece que no sabemos *hacerlo*? —dijo Massie, mirando fijamente a Dylan con los ojos entrecerrados.

—¡Oh! —dijo Dylan entre dientes—. Bueno, nosotras estamos aquí arriba y todos están allá abajo, así que... probablemente.

Kristen soltó una risita.

La voz de la directora Burns se escuchó por el altavoz, y todos voltearon a ver el tablero del marcador. Su cara apareció en la pantalla gigante, como si fuera el Mago de Oz.

—¡Aww, aww! —gritó alguien en cuanto se escuchó la voz por los altavoces. Nunca faltaba quien imitara a un cuervo cuando hablaba la directora, dado su parecido con esa ave por la nariz aguileña y los ojitos negros. Como siempre, ella ignoró los gritos.

—¿Pueden salir todos de la cancha, con excepción de los alumnos de Briarwood? —preguntó.

Las luces del estadio se encendieron, impartiendo a todo un resplandor que cegaba.

Le tomó diez minutos a la directora Burns lograr que el público saliera de la cancha. Finalmente, cuando sólo quedaron los jugadores de Briarwood, llegó el entrenador con un carrito de golf y comenzó a repartir trajes con Velcro obligando a los chicos a ponérselos. Massie podía oírlos protestar.

—¿No te alegra que ya tengamos un plan? Sería horrible tener que perseguir a un montón de chicos con arco y flechas como si estuviéramos desesperadas —le comentó Massie a Claire en voz baja.

—¡Suertudas! —Kristen estiraba los músculos de las piernas como lo hacen los corredores, dándole un buen sorbo a su

Gatorade de naranja—. Algunas tenemos que hacerlo.

—Por lo menos tú sabes correr —se quejó Dylan—. Yo nunca aprendí.

—Yo ni siquiera puedo caminar rápido —agregó Alicia.

Una ayudante repartía arcos y flechas a las chicas en las tribunas. A continuación, la directora Burns les pidió que se pusieran de pie para repasar las reglas que debían seguir, pero no le dieron oportunidad. Todas las chicas se lanzaron hacia la cancha y comenzó la "caza". Kristen bajó corriendo por las gradas, mientras Alicia y Dylan les rogaban a Josh Hotz y a Chris Plovert, respectivamente, que corrieran más despacio.

Massie decidió tomarse su tiempo, calculando que era mejor arreglarse las pestañas y obligar a Claire a ponerse color en sus pálidas mejillas.

—¿Ya podemos ir? —le preguntó Claire inquieta, pasando el peso de un pie a otro, como si tuviera muchas ganas de ir al baño—. ¡Por fa-voor!

—Okey —dijo Massie, suspirando mientras cerraba el estuche de maquillaje y lo metía en su bolso—. Al mal paso darle prisa.

Se puso de pie y caminó con cuidado hacia la cancha, tratando de que los tacones de sus zapatos no se le quedaran enterrados en el césped.

—No los veo —dijo Claire, muy asustada—. ¿Y tú?

Massie llegó a la cancha y comenzó a buscarlos. Sus compañeras de clase corrían gritando como si fueran pieles rojas, y lanzando al aire flechas con punta de Velcro. Uno por uno los chicos eran capturados, y la cancha poco a poco se estaba quedando desierta.

—¡Ahí están! —exclamó Massie, señalándolos. Derrington y Cam corrían lo más rápido posible hacia el lado opuesto de la cancha. Ninguno de los demás alumnos de Briarwood parecía estar tan desesperado por escapar como ellos—. ¿A dónde se van?

—Ni idea —dijo Claire, sorprendida al verlos escaparse, y comenzó a gritar—. ¡Cam! ¡Caaaam!

Esta vez Massie ni siquiera trato de evitar que Claire pareciera desesperada.

—Llámalo otra vez —la animó Massie—. A lo mejor no te escuchó.

—¡Estamos aquí! —gritó Claire, agitando los brazos como si estuviera en Park Avenue tratando de conseguir un taxi, pero los chicos siguieron corriendo.

—¿Creen que esto es gracioso? —Massie sacó su celular y oprimió la tecla de llamada rápida para Derrington.

—¡Uf! —exclamó al cerrar el celular—, directo a mensajes.

—¿Pensarán que no vinimos al partido? —sugirió Claire.

—Nos sonrieron en el medio tiempo.

—¿Se habrán enojado porque nos hicimos las difíciles cuando ganaron? —Claire se mordió la uña del dedo meñique y la escupió en la cancha—. Debimos haberlos felicitado…

Massie estaba pensando lo mismo, pero se negaba a admitir que lo que estaba sucediendo era por su culpa.

—¡No, imposible! —dijo, buscando con la mirada por todo el estadio, como esperando encontrar algún tipo de explicación.

Layne y sus dos amigas, Meena y Heather, estaban de pie a un lado de la cancha haciendo ondear letreros que decían: "Las ALUMNAS DE LA OCD PREFIEREN CARRERAS PROFESIONALES, NO CARRERAS

TRAS CHICOS". A ellas les caían más flechas que a los chicos.

Dylan estaba a cierta distancia, disparándole a la pierna enyesada de Chris Plovert. Alicia caminaba detrás de Josh Hotz tratando de ponerle flechas a su arco, rogándole que caminara más despacio, pero él se negaba.

—Por lo menos *trata* de correr —contestó él.

—*Estoy* tratando —insistió Alicia, moviendo más rápido los brazos—. ¡Fíjate!

Él no parecía convencido y decidió acelerar el paso.

—¡Se les acabó el tiempo! —anunció la directora Burns, después de que el sonido agudo de una corneta llenara el ambiente.

Massie observó cómo cada chica, con la cara radiante de sudor, tenía a su lado al chico que había "cazado". Kristen jadeaba junto a Kemp Hurley, Dylan estaba sentada en el césped con Chris Plovert, y Nina estaba rodeada de siete chicos, incluyendo a Eli y Josh Hotz.

—Esto no me puede estar sucediendo a mí —murmuró Massie—. Se agachó detrás de las felices parejas, tomó a Claire del brazo y la sacó de la cancha.

—¿Qué estás haciendo? —dijo Claire entre dientes—. ¿Y si tratan de encontrarnos y explicarnos qué pasó?

—De ninguna manera me voy a quedar parada aquí sin pareja —dijo Massie una vez que se llevó a Claire al estacionamiento—. Me siento desnuda.

—No entiendo —se quejó Claire, secándose una lágrima—. Corazoncitos, ¿por qué se escaparon de nosotras? Sacó un corazoncito azul, lo leyó y lo arrojó con fuerza al pavimento. Massie lo vio rodar bajo un Mercedes blanco.

—¿Qué decía? —le preguntó Massie.

—¡Qué importa! —dijo Claire, haciendo pucheros y limpiándose otra lágrima—. Ya se fueron, y también se fue mi primer beso.

Al principio, Massie no podía decidir por qué estaba más enojada, si por perder a Derrington o por perder la oportunidad de ganar el premio Cupido. Pensó en cuál podía ser la respuesta, esperando que, una vez que la encontrara, desapareciera la sensación de vacío que sentía en el estómago. Sin embargo, esa sensación empeoró cuando por fin encontró la respuesta. No se trataba sólo de Derrington y del premio Cupido, sino de que Massie Block no era la más importante, y no había nada peor que eso.

La mansión de los Block
En el cuarto de Massie (y de Claire)
7:50 a.m.
10 de febrero

—Massie —Claire golpeó en la puerta del baño por tercera vez—. Isaac está tocando la bocina de la camioneta, y yo ni siquiera me he bañado. ¿Te puedes apurar? Se aflojó el nudo de la bata y consideró evitar el asunto de higiene con tal de no llegar tarde, ¡pero ayer ya había hecho lo mismo!

—Hubiera usado el baño antes, si no me hubieras tenido despierta toda la noche con tus ronquidos —gritó Massie por encima del ruido del agua—. ¿Sabes lo difícil que es levantarse después de dormir sólo dos horas?

—Pues yo tampoco dormí bien —Claire se acercó y le gritó a la brillante pintura blanca de la puerta del baño de Massie—. ¡Es increíble que necesites dormir con las cortinas abiertas! La luz de la luna llena prácticamente me quemó los párpados.

De nuevo se oyó la bocina que tocaba Isaac.

—Massie —gimoteó Kendra por el intercomunicador—, Isaac ya ha estado esperando diez minutos. ¿Podrías salir antes de que los vecinos nos acusen de contaminar el ambiente con ese ruido?

Claire se quitó la bata y se puso un par de jeans limpios y una camiseta de manga larga recién planchada. Por lo menos *se veía* limpia.

Se dirigió con pasos suaves al ventanal y se quedó observando a los trabajadores corriendo como ratones: algunos cargando vigas de madera, otros martillando o taladrando. Todavía estaban trabajando en los cimientos de la casa de huéspedes, que por ahora parecía un enorme estrado de madera. Claire suspiró. A este paso, tendría que quedarse a vivir con Massie hasta que se fuera a la universidad.

Finalmente rechinaron las tuberías y el agua dejó de correr.

Claire se abrochó los tenis altos Converse de camuflaje y trató de evitar los celos cuando escuchó el silbido que producía la secadora de pelo de Massie. Extrañaba la sensación de cabello recién lavado con champú con aroma a hierbas. Claire sabía que el aceite con aroma a fresas no era un buen sustituto del jabón, pero igual se puso unas cuantas gotas detrás de las orejas. Era todo lo que podía hacer.

El tono bajo de la tuba de Todd se filtraba por las paredes. Claire apretaba algo más los puños después de cada nota desentonada.

—¿Qué es esto? —gritó Massie, saliendo del baño, en medio de una nube de vapor, con un objeto oscuro del tamaño de un botón—. Lo encontré en la ducha.

Claire se acercó a ella y tomó el misterioso objeto de la palma de la mano de Massie. En cuanto lo vio supo lo que era, y el corazón comenzó a palpitarle rápidamente.

—No sé; no puedo pensar con el escándalo que hace esa tuba en el otro cuarto. Le voy a decir a Todd que deje de tocar. Te veo en el auto.

—¿Dijiste que ibas a traer a Bean? —preguntó Massie.

—No; dije que te *veo* en el auto.

—¡Oh!

Claire recogió su mochila, marchó con paso firme al cuarto de Todd y se metió sin avisar. Su hermano estaba de pie en la cama. Se había puesto calzoncillos SpongeBob SquarePants y se miraba en el espejo mientras tocaba la tuba.

—¿Es ésta una de tus cámaras? —susurró Claire, furiosa.

Todd la ignoró y siguió tocando.

—Una nota significa sí y dos significan no —dijo, dándole un puntapié a una pata de la cama.

Tuuuut

—Todd, no puedes esconder cámaras en la ducha de Massie. Eso es peor que ser pervertido; ¡es ilegal!

Tuuuut

Claire entendió, por el esbozo de sonrisa, que Todd hacía un esfuerzo por no reírse.

—Si encuentro más equipo de espías le voy a avisar a mamá —dijo Claire—, y a la policía.

Tuuuut, tuuuut

—Sí, ¡les avisaré! —dijo Claire, saliendo furiosa del cuarto.

Volvió a escuchar la bocina y bajó corriendo las escaleras.

—Claire —gritó Judi desde la cocina—. *¡Apresúrate!*

—Yo opino que dejemos que lleguen tarde —dijo Kendra—. Es la única forma en que van a aprender.

Claire se detuvo fuera de la cocina y puso atención.

—Kendra, no puedo simplemente ignorarlo —dijo Judi, alterada—; llegar tarde es un mal hábito.

—Lo sé, querida, pero están creciendo y tienen que aprender de sus propios errores —comentó Kendra, con una taza de café en la mano que tintineó cuando la puso en el platito.

—En mi opinión, los errores son cosas como agregar dos tazas de azúcar en una receta cuando sólo se necesita una, pero *no* dejar que mi hija sea conocida como irrespetuosa —contestó Judi.

—¿Estás diciendo que le estoy enseñando a Massie a ser irrespetuosa?

—¿No te parece que lo haces?

—¡Oh!, buenos días —dijo Claire con una sonrisa forzada—. Massie ya viene. Se siente muy mal por salir tarde, pero le dolía mucho el estómago.

—¿Está bien? ¿Quiere quedarse en casa? —Kendra miró a Judi con una sonrisa engreída.

—No, ya me siento mucho mejor —interrumpió Massie al entrar de prisa en la cocina, acurrucando a Bean en los brazos.

—Vámonos —dijo, agradeciéndole a Claire con la mirada.

Massie apretó con el dedo una punta del prendedor de oro en forma de estrella, que se había abrochado en el cuello desbocado del suéter de cachemir azul marino. Ese color le recordó a Claire el color del cielo de noche. Claire bostezó y se frotó los ojos, que le ardían.

Massie abrió la puerta principal, se agachó y recogió el paquete de Glossip Girl que acababa de llegar. Mientras caminaba hacia la camioneta abrió la caja, y leyó la etiqueta del tubo plateado.

—¡Puf! —exclamó, lanzándolo a la camioneta de los trabajadores.

—¿Qué sabor era? —le preguntó Claire mientras se acomodaba en el asiento trasero de la Range Rover.

—*Baby's Breath.* ¡Uf!, aliento a bebé —contestó Massie con

un gesto de asco, abrochándose el cinturón de seguridad.

—Pero si ni siquiera lo abriste.

—¿Para qué lo iba a abrir? Probablemente huele a saliva.

Claire ni siquiera se molestó en decirle a Massie que *Baby's Breath* es un tipo de flor. Era su venganza por no haberla dejado bañarse en dos días seguidos.

—No se permite hablar —dijo Isaac bruscamente al salir de la entrada circular para autos—. Tengo un terrible dolor de cabeza por estar tocando la bocina toda la mañana.

—Lo siento, Isaa...

—¡Claire! —dijo, volteando y mirándola fijamente—. Dije que no se permite hablar.

Massie soltó una risita y volteó hacia su ventanilla. Isaac les dijo lo mismo a Alicia, Nina, Dylan y Kristen cuando las recogió. Por primera vez en camino a la escuela, las chicas viajaron en completo silencio.

Cuando Isaac detuvo la Range Rover plateada frente a la escuela, ya llevaban diez minutos de retraso. Massie abrió la puerta dándole un puntapié y saltó al pavimento. Respiraba con dificultad.

—Casi me asfixio por culpa de tu perfume barato —escupió en dirección a Nina—. Ese frasquito debería tener una tapa de seguridad y el número para llamar al centro de control de sustancias venenosas.

Claire y Alicia se rieron. Dylan y Kristen miraron a Nina solidariamente.

—¡Váyanse a clase! —les gritó Isaac antes de hacer rechinar las llantas en el estacionamiento.

Las chicas subieron la escalinata principal de la OCD,

agachándose al pasar frente a la ventana de la directora Burns.

—¿Qué tipo de ropa se pusieron hoy? —les preguntó Massie a Kristen y Dylan entre susurros cuando estuvieron a salvo. Ellas se detuvieron y se fijaron en sus propios atuendos, y luego en Nina.

—¿Tú las aconsejaste? —Massie volvió a caminar y las demás la siguieron.

—Sí, y me parece que se ven sexy —Nina se agachó y movió las borlas en sus botas de cuero rojo.

—¿Sexy? —Massie volteó a mirar a Nina—. Fíjate en el maquillaje de Dylan. Parece que se hubiera pasado la mañana besuqueándose con un payaso.

—Buchas gracias por el insulto, Bassie —estornudó Dylan—. Be parece que se ve bien. Necesito color porque he estado buy enferba.

Se sonó la nariz y examinó el pañuelo desechable, ahora manchado con lápiz labial rojo y base anaranjada.

—¡Qué horror! —se rió Alicia.

—Y Kristen, no sé qué es peor, el suéter Wet Seal rosa de mal gusto o las copas *C* que sobresalen —dijo Massie, horrorizada mirando hacia lo lejos.

Claire no pudo evitar reírse. Parecía que los pechos de Kristen estaban a punto de explotar.

—Es un brasier Victoria's Secret relleno de agua —Kristen se ajustó el escote, abrazándose y retorciéndose—. Nina me dijo que me haría sentir más femenina. ¿Sabes?, mientras me vuelve a crecer el pelo.

—No me digas —le dijo Massie a Alicia—, y también tienes un liguero bajo tus Frankie B, ¿verdad?

—No —Alicia pareció molestarse de que Massie hubiera sugerido algo así.

—Traté de que se pusiera una micromini, porque tiene las piernas largas, pero le dio miedo lo que fuera a decir Masiii —dijo Nina, poniendo expresión de bebé al decir "Masiii".

Massie se volteó a mirar a Alicia con una mueca de satisfacción. Alicia respondió con una mueca de humildad.

—Ustedes tres deberían usar camisetas de "Vírgenes para siempre" de Sage —Nina se rió de su propio chiste con una carcajada que resonó por los pasillos vacíos.

—¿Por qué no están en clase? —gritó la directora Burns, desde el otro extremo del pasillo.

—¡Oh!, perdón; llegamos tarde —Kristen se disculpó cortésmente—. Tuvimos problemas con el auto.

—¿Tienen una nota?

—Laaaaaa —canturreó Nina—. Esa nota era en Re menor.

Dylan fue la única que soltó una risita.

La directora Burns se puso las manos en las caderas y comenzó a dar golpecitos con una de sus prácticas botas de invierno con suela de goma contra el piso recién encerado.

—Bueno, yo tengo algo para ustedes. Es un castigo, ¡y no es menor! Van a estar castigadas durante el primer período.

—Pero eso va a contar como una falta —dijo Kristen, casi sin poder respirar—. Mi beca sólo me permite…

—Debió haber pensado en eso cuando andaba paseándose por los pasillos a las 8:45 —dijo la directora Burns—. Ahora vayan al salón seis mientras yo llamo a sus padres.

—No, no, por favor —rogó Kristen—. A mi mamá le va a dar un ataque.

Sin embargo, todo lo que escucharon como respuesta fue el rechinar de las suelas de las botas de la directora Burns mientras se dirigía de prisa a su oficina.

—¡Me van a castigar! —Kristen pasó la mano rozando los casilleros mientras caminaban—. Les aseguro que mi mamá no me va a dar permiso para ir al baile.

—¿En serio? —preguntó Dylan y de repente se le iluminó el rostro—. Nina, ¿eso quiere decir yo voy a ganar la apuesta autobáticabente?

—Sip.

—¡Ah! Dylan, qué buena amiga eres —contestó Kristen, muy molesta.

—Se trata de tres pares de botas —respondió Dylan—. No tiene nada que ver con la abistad.

—Bueno, si es necesario haré un túnel con una cuchara y me escaparé a gatas para llegar al baile. No voy a dejar que me ganes la apuesta.

—Ven acá, sexy; no resisto tu brasier relleno de agua —dijo Dylan, frunciendo los labios como para dar un beso, y correteó a Kristen por el pasillo amenazándola con los labios plagados de gérmenes.

Cuando las chicas llegaron al salón número seis, pareció como si la puerta se abriera por sí sola. La Sra. Peckish estaba detrás de la puerta con una arrugada mano venosa en la perilla, pasándose la otra mano por el desordenado cabello canoso, que le llegaba hasta los hombros. Su pequeño cuerpo se perdía dentro de un enorme suéter sin forma ni estilo, de color verde, como de vómito.

—¡Bienvenidas! —dijo en el tono que hubiera usado la bruja

de una casa encantada—. Van a pasar los próximos treinta minutos en silencio con los ojos fijos en los míos, pensando en lo que hicieron para merecer este castigo.

Estaba preparando una taza de café negro, cuyo aroma llenaba el salón.

La Sra. Peckish era tan frágil y repulsiva que Claire se preguntó si la OCD había sido construida sobre la tumba de esta maestra, y ahora su fantasma asustaba a las alumnas.

Las chicas se sentaron en la última fila del salón y fijaron la mirada en la Sra. Peckish, tal como ella les había indicado. Era la primera vez que Claire no veía decoraciones en las paredes de un salón. No tenía mapas ni banderas ni carteles de Einstein, sólo una capa de pintura descascarada, amarillenta, como si fuera pus, y un pizarrón.

En el salón se sentía una corriente de aire frío y Claire se metió las manos en las axilas para que se le calentaran. Volteó a mirar la ventana abierta y luego a la Sra. Peckish. La maestra sonrió con amabilidad, caminó pausadamente hacia la ventana y la abrió todavía más.

Dylan estornudó.

—¿Puedo ir por un Kleenex? —preguntó, tapándose la nariz.

—No —contestó severamente la Sra. Peckish—. Quédese aquí; yo se lo traeré.

En el instante en que salió, las chicas comenzaron a cuchichear.

—Más vale que te cures ese catarro —le aconsejó Nina—. No puedes estar enferma el día del baile.

—Be estoy cuidando —dijo Dylan, sorbiéndose la nariz—.

¿Ya sabes con quién vas a ir?

—Como no pude decidir entre Josh, Cam o Derringtons —dijo Nina—, voy a ir con los tres.

—¡Mentirosa! —gritó Massie, furiosa.

—¡Es verdad! No fue de mí de quien se escaparon.

Claire apretó los puños y esperó a que Massie le contestara con algún comentario hiriente, pero no lo hizo. En realidad, Massie no dijo absolutamente nada. Sólo se quedó mirando a Nina con los ojos entrecerrados y sacudió lentamente la cabeza.

—Para que sepas, Josh no estaba escapándose de mí; sólo estaba corriendo y punto —dijo Alicia—. Y yo, sencillamente, no corro.

—¡Eh! Ustedes tres deberían entrar en nuestra apuesta. Va a ser "verditido".

—Yo nunca podría hacer algo así. Me llamo Claire y quiero que mi primer beso sea romáaantico —dijo Dylan con sarcasmo, echándose el pelo hacia atrás, antes de que nadie pudiera contestar.

Claire no comprendía por qué Dylan se estaba burlando así de ella.

Kristen y Nina se rieron.

—Me va a dar un beso —insistió Claire, mordiéndose la uña del pulgar—. Ya verán.

—¡Silencio! —exclamó la Sra. Peckish cuando entró de nuevo al salón—. ¡Mírenme!

Unos segundos más tarde, Claire sintió que su celular vibraba. Lo tenía en el bolsillo de atrás, pero se las arregló para mantener la mirada fija en la Sra. Peckish mientras lo sacaba. Cuando la bruja se distrajo para servirse otra taza de café, Claire leyó el mensaje.

MASSIE: ODIO A N. NECESITAMOS DSQUIT.

Claire no sabía escribir en su celular sin ver la pantalla, como lo hacía Massie, así que se volteó a mirarla y asintió con la cabeza para indicarle que estaba de acuerdo.

MASSIE: ALICIA TB

Sin mover la cabeza, Alicia movió los ojos hacia Claire, quien volvió a asentir.

MASSIE: VOY A HACER 1 PLAN.

Esta vez Claire no asintió, sino que se miró las cutículas inflamadas y pensó en la satisfacción que sentiría si a ella, en vez de a Massie, se le ocurriera el maléfico plan. Desde que Nina había llegado, Cam le había dejado de hablar. No había recibido ningún CD con música, ni cartas de amor, ni dulces. Ahora ya no podría besarlo en el baile. Se había cansado de llorar hasta quedarse dormida por culpa de Cam, simulando que eran ronquidos. Había llegado el momento de entrar en acción.

CLAIRE: TENGO 1 FLAN.

Se las había arreglado para escribir sin ver.

Massie volteó a mirarla con un gesto de confusión, y seguramente había reenviado el mensaje, porque Alicia se rió.

—¡Eh! —exclamó la Sra. Peckish haciendo el signo de paz, pero con los dedos horizontales tan cerca del rostro que parecía que se los iba a clavar en los ojos. Las chicas obedecieron, hasta que la maestra metió la mano en su bolso en busca de semillas de girasol.

MASSIE: TIENES 1 PLAN?

Claire asintió e hizo la señal de jurar, levantando la mano derecha. La operación Pega Pega era algo que había planeado con sus amigas en Orlando cuando empezaron a coquetear. Con algunos cambios, podría usarse para derrotar a Nina. Claire estaba segura de que eso le daría a Massie una buena razón para volver a aceptarla.

Cuando sonó el timbre del almuerzo, se abrieron las puertas de los salones y salieron corriendo chicas hambrientas en tropel, deseosas de ser las primeras en la fila de la cafetería.

Claire se fijó en la hora en su reloj rosa modelo Baby G-Shock; eran exactamente las 12:15 P.M. Eso le daba un minuto para reunirse con Massie en los escalones de la biblioteca, diez minutos para obtener lo que necesitaban, tres para llegar a sus puestos y uno para darle la señal a Alicia. Si la Operación Pega Pega tenía éxito, Claire también lo tendría. Si no...

Claire trató de sacudirse el pensamiento de la mente.

Tal como lo habían planeado, Massie la estaba esperando en los escalones de la biblioteca, hojeando un número de *Teen Vogue*.

—Hola, hola, cacerola —dijo Massie, poniéndose de pie.

—Qué te pasa, limonada —le contestó Claire, satisfecha de que casi hubiera desaparecido la tensión de la mañana. Era útil tener una causa común contra Nina.

—¿Crees que podemos ir y regresar en diez minutos? —preguntó Claire, con la mirada fija en el 7-Eleven, al otro lado de la calle.

—Si corremos —Massie se señaló los pies. Tenía puestos un par de tenis Reebocks negros y dorados. Era la primera vez que Claire la veía con ese tipo de calzado fuera de la clase de gimnasia.

—¿Dónde los...?

—Fui a escondidas a los vestidores durante la clase de inglés —contestó Massie.

—Okey; vámonos.

Como las chicas se las arreglaron para cruzar la calle antes de que la luz amarilla del semáforo cambiara a roja, estaban a tiempo para llevar a cabo su plan.

Al llegar a 7-Eleven, Claire abrió la puerta y se dirigió de inmediato a la sección de chicles. Massie la seguía de cerca.

—Esto siempre nos dio resultado en mi otra escuela —dijo Claire jadeando—, así que estoy casi segura de que aquí también va a funcionar.

Claire nunca pensó que llegaría el día en que Massie Block y Alicia Rivera estarían de acuerdo en seguir *su* plan, y eso la ponía nerviosa. En silencio les preguntó a los corazoncitos si esta misión sería un éxito. Metió la mano en el bolsillo y sacó un corazoncito rosa que decía: **"Sé mío"**. Claire no tenía idea de cómo interpretar eso, y concluyó que los corazoncitos sólo podían contestar preguntas relacionadas con el amor.

—No los encuentro —dijo Massie, irritada—. Sólo nos quedan tres minutos.

—Aquí están —exclamó Claire—, junto a los labios de cera. Tomó cuatro paquetes de chicles con sabor a uva Big League Chew y los olió. Sintió que se le revolvía el estómago.

—Este olor me recuerda a Cam. Big League Chew es su chicle favorito.

—Tienes que concentrarte en lo que estamos haciendo

—dijo Massie irritada, arrebatándole los paquetes a Claire. Se dirigió a la caja con un billete nuevecito de cinco dólares.

—¿De verdad crees que Cam y Derrington van a ir al baile con Nina? —preguntó Claire, mientras cruzaban la calle corriendo—. ¿Cómo es posible? ¿Qué hicimos mal?

Massie dejó de correr cuando estuvieron de regreso en la OCD. Esperó a recobrar el aliento antes de hablar.

—Claire, ¿me paso ocho horas en un escritorio circular en medio del centro comercial?

—No.

—Entonces, ¿por qué crees que tengo esa información?

Massie sonrió con ternura, posiblemente para que Claire supiera que no estaba tratando de ser cruel. Claire le devolvió la sonrisa. Se sintió un poco ridícula al pensar que Massie podía tener todas las respuestas, especialmente cuando ella probablemente se hacía exactamente las mismas preguntas con respecto a Derrington.

—Pero estoy segura de que Nina *sí* tuvo que ver con eso —dijo Massie, poniéndose sus zapatos de gamuza con tacón alto y metiendo sus tenis en el bolso de cuero rosa brillante que llevaba al hombro—. Vamos a "cazar" a esa tipeja.

Claire siguió a Massie; subieron la escalinata y entraron a la escuela. Aunque era el plan de Claire, la tranquilizaba el hecho de que Massie se estuviera haciendo cargo de nuevo. Eso le quitaba un gran peso de encima.

Eran las 12:30 P.M. cuando llegaron a su puesto de vigilancia, escondidas detrás de la máquina expendedora Dasani, fuera de la cafetería. Ya era el momento de que Alicia diera las noticias a la hora del almuerzo y de que comenzara la Operación Pega

Pega. Estaban exactamente a tiempo.

"Buen provecho, OCD. Soy Alicia Rivera con el noticiario a la hora del almuerzo."

En los pasillos todas se detuvieron, y voltearon hacia los altavoces ubicados en el techo.

"Una serie de robos misteriosos han puesto nerviosas a muchas de nuestras alumnas esta mañana. Jessi Rowan reportó el primer robo el viernes, cuando notó que había desaparecido el llavero Kipling en forma de mono que tenía colgado en su mochila. Hoy se recibieron varios reportes más. Entre los artículos desaparecidos están el estuche de lápices Chococat de Natalie Nussbaum, la pluma Montblanc roja de la maestra Beeline y mis calcetines con rombos para gimnasia Ralph Lauren. Tengan mucho cuidado, no dejen abiertos sus casilleros e informen acerca de cualquier actividad sospechosa a la directora Burns... Alicia Rivera, quien las adora, reportando desde la OCD."

Se escucharon los aplausos normales y todas volvieron a sus conversaciones.

Alicia terminó su reportaje exactamente a las 12:40 P.M., justo a tiempo con el plan. Massie buscó su celular en el bolsillo trasero, y accidentalmente le dio un codazo a Claire en las costillas.

—Lo siento —susurró—, aquí atrás hay muy poco espacio.

—Okey —dijo Claire, articulando para que le leyera los labios.

Después de que Massie le envió a Alicia un mensaje de texto avisándole que ya estaban listas, Claire dio la orden de comenzar a mascar chicles.

Claire y Massie abrieron las bolsas de chicles Big League Chew, y se metieron a la boca puñados de chicle triturado. Massie se tapó la boca con la mano para evitar que los chicles se le cayeran, pero cuando se la quitó estaba cubierta de saliva. Se limpió la mano en la máquina expendedora de agua enriquecida con vitaminas, y siguió mascando.

—¡Qué asco! —Claire comenzó a reírse tan fuerte que por poco se ahoga... hasta que escuchó el suave ronronear del tragabilletes electrónico. El miedo la paralizó cuando se dio cuenta de que alguien estaba al otro lado de la máquina. Se le caía la saliva por la enorme cantidad de chicles que estaba mascando. Como tenía miedo de hacer el más leve ruido al tragar, abrió la boca y dejó que la saliva cayera al piso. Massie hizo lo mismo. Ambas se estremecían tratando de contener la risa.

La máquina volvió a ronronear.

—Esto no funciona —dijo alguien antes de patear la máquina tres veces.

Massie pegó un grito y se tapó la boca.

—Kori, ¿escuchaste algo?

Era La Fresa, la violenta pelirroja que Alicia había reclutado para reemplazar a Dylan el semestre pasado, cuando andaban de pleito.

—¿Como si alguien hubiera aplastado a un cachorrito? —sugirió Kori.

—Sip.

Claire sintió un exceso de sudor en las axilas. Definitivamente, iba a necesitar bañarse al día siguiente.

—A lo mejor hay un animal atorado en la máquina y por eso no funciona —sugirió Kori.

Las chicas soltaron una risita y se alejaron.

Massie y Claire suspiraron con alivio.

"¡Oh! Perdón; tengo un aviso..." Cuando escucharon la voz de Alicia, todas volvieron a dejar de hacer lo que estaban haciendo.

"¿Podría Nina Callas venir de inmediato a la cabina de sonido por un mensaje muy importante? Reportó para ustedes Alicia Rivera de la OCD, con un enorme cariño para todas."

En cuanto escucharon eso, Claire y Massie comenzaron a sacarse trozos de chicle de la boca y a arrojarlos al piso. Se oyó el familiar clic clac de las botas de Nina haciendo eco en los pasillos vacíos, yendo de la cafetería a la cabina donde estaba Alicia.

—¡Eso es exactamente lo que quería escuchar! —exclamó Claire, sonriendo. Todo estaba saliendo tal como lo habían planeado.

Mientras más fuerte se oía el clic clac de las botas, más rápido mascaban y arrojaban chicles al piso. Infortunadamente, antes de que Nina llegara, por el pasillo se acercó a saltitos un grupo de chicas obsesionadas con las artes dramáticas, calzando botas tipo Frankenstein, y cantando "Popular" de la obra musical de Broadway, *Wicked*. Ellas ni cuenta se dieron de que atravesaban un campo minado de chicles, ni siquiera después de las maliciosas risitas de Massie.

Finalmente podían ver a Nina acercarse. Claire estaba tan nerviosa que escondió el rostro en el hombro de Massie.

—¿Ya los pisó? —preguntó Claire.

—Todavía no —susurró Massie—. Espera... no... ¡oh!... ya casi... un poco hacia la izquierda... *¡sí!*

Claire levantó la cabeza.

—¡Dios mío! —gritó Nina, raspando la suela de una de sus botas contra la parte de arriba de la otra, lo que empeoró la situación. Ahora tenía chicle pegado en la punta de sus botas rojas de gamuza.

—¡Auxilio! —pedía a gritos en los pasillos—. ¡Socorro! Como nadie se acercó a ayudarla, Nina se dejó caer al piso, cruzó las piernas, y trató lo mejor que pudo de quitarse el chicle, pero no podía por las uñas tan largas. Finalmente se las arregló para raspar todo el chicle de la bota izquierda, pero la bota derecha estaba arruinada.

—¡No! ¡Dios mío, no! —se quejó al descubrir chicle en las borlas rosas de la bota, y en el cierre de atrás.

—Misión cumplida —susurró Claire—. Nina no es nadie sin esas botas.

—Es como si le hubiéramos quitado la escoba mágica de una bruja malvada —dijo Massie en voz muy baja.

Después de un buen rato de quejarse y gemir, Nina logró sacarse una bota. Comenzó a llorar débilmente, acurrucándola como si fuera un gatito que se hubiera caído de un árbol.

—Éste es el momento preciso. Vete, ¡buena suerte!

Claire se escurrió de atrás de la máquina y caminó hacia Nina, como si hubiera estado paseando tranquilamente por los pasillos.

—Nina ¿eres tú? —preguntó Claire, ladeando la cabeza para demostrar verdadera preocupación. Esperaba que Massie aprobara su convincente actuación.

Nina levantó la vista. El rímel se le había corrido y el delineador azul se le había embarrado hasta llegarle a los círculos de colorete en las mejillas. Parecía una obra de arte derretida.

—¡Mis botas están arruinadas! —se quejó, levantando una pierna para mostrársela a Claire.

—Sí, hay que tener cuidado en estos pasillos —le aconsejó Claire—. Pueden ser peligrosos, especialmente con tacones tan ridículamente altos como los tuyos.

Nina se sorbió la nariz y se la limpió con la muñeca.

Claire sintió remordimiento. ¿De veras podría seguir con la farsa? Sabía lo que se sentía ser la odiada "chica nueva", y por eso le resultaba difícil humillar a alguien de la forma en que el Comité de las Bellas la había humillado a ella. Podría decirles a Massie y a Alicia que Nina se había ido corriendo hacia el baño, y que se había arruinado el resto del plan. Segundos después de tomar esa decisión sintió que se le relajaba la tensión en los hombros. El sentimiento de culpabilidad se había desvanecido.

—Nina —sugirió Claire en su voz más dulce—, ¿por qué no vas al baño?

Nina la ignoró, se levantó y se plantó frente a Claire. Era por lo menos dos pulgadas más alta que ella, incluso sin las botas.

—No me las puedo poner para ir a Briarwood después de la escuela. Están asquerosas.

—¿Briarwood? —preguntó Claire.

—Sí, Cam y Derringtons me van a dar un tour privado de los vestidores de los varones.

—No me digas... —dijo Claire, apretando los puños y metiéndolos en los bolsillos delanteros de sus jeans Old Navy—. Entonces tengo la solución perfecta.

Volvió al plan original, sólo que esta vez sin absolutamente nada de remordimiento.

—Vamos a la enfermería. El clóset de objetos perdidos tiene más variedad que Bloomingdale's. Ahí seguramente podrás encontrar botas.

—Pero, ¿serán sexy? —preguntó Nina—. ¿De tacón alto? ¿Bastante alto?

—Ahí encuentras lo que quieras —dijo Claire—. Sígueme.

—¿Pero serán de diseñadores famosos?

—Hay de todo —le aseguró Claire, apretando más los puños y respirando profundamente.

—Bueno, porque todo el mundo espera que yo me vea fabulosa.

—¡Por supuesto! —dijo Claire, cuando pasaban frente a uno de los carteles de Layne que decían: NINA ES OBSCENA.

—¿No te fascinan esos carteles? —exclamó Nina, admirando el trabajo de Layne.

—¿No te molestan? —preguntó Claire.

—No —contestó Nina, riéndose entre dientes—, cualquier publicidad es buena.

Claire trató de imaginarse qué podría lastimar a esta chica. Era más difícil de destruir que el cuero sintético.

Después de un corto recorrido por los pasillos llegaron a la enfermería. Era la única puerta blanca de la escuela, con cortinas de encaje en la ventana, en vez de las persianas normales color beige.

—Espérate aquí en la banca —dijo Claire—. Es mejor si voy sola y te traigo lo que ella tiene. ¿Sabes?, porque somos amigas.

Nina se encogió de hombros y se sentó en la banca de madera que estaba contra la pared de la enfermería. Las únicas que se sentaban ahí eran chicas con piojos, que esperaban que sus papás llegaran a recogerlas. Claire esperaba que los que pasaran por la ventana vieran a Nina y creyeran que tenía piojos.

Después de una breve conversación acerca de vacunas contra la gripe con la enfermera Adele, Claire se disculpó y se dirigió al clóset donde guardaban los objetos perdidos. Por alguna razón, la variedad de botas era mejor que nunca, exactamente lo contrario de lo que Claire quería. Ignoró unas sandalias con taconcito Sigerson Morrison y unas lindas botas tipo vaquero de cuero rojo. En cambio, tomó un par de viejos Birkenstocks color café, que probablemente habían pertenecido a Sage, y todos los zapatos horrorosos que encontró en talla seis.

Nina ya se había quitado las botas, esperando las de diseñador que se probaría. Se estaba masajeando los pies cuando Claire salió de la enfermería.

—Aquí tienes —dijo Claire, con el orgullo de un vendedor de zapatos de Foot Locker, al acercarse con una magnífica variedad de zapatos. Dejó caer los zapatos a los pies de Nina.

—¿Qué es esto? —Nina levantó un tenis a cuadros blancos y negros que tenía una mancha de salsa de tomate en la punta—. ¡No, Dios mío! Lo dejó caer como si hubiera estado cubierto de cucarachas.

—Ese zapato sería popular con los patinadores. Los llaman Vans —Claire buscó en la pila de zapatos sucios—. Toma; yo lo combinaría con esta zapatilla de vestir Cynthia Rowlet, porque tienen colores parecidos.

—¡Pero son dos estilos completamente distintos! —gritó Nina asombrada, agachándose a revisar ella misma los zapatos—. Éstos no son pares.

—Éstos sí —Claire alzó los Birkenstocks.

Nina hizo un gesto de incredulidad mientras desabrochaba la correa lateral y se los probaba. Claire temblaba por dentro tratando de no reírse. ¡Qué lástima que Massie y Alicia no estuvieran ahí! Ella era la única que se estaba divirtiendo.

—Demasiado grandes —dijo Nina, arrastrando los pies hasta el otro lado del cuarto, como una viejita en un hogar para ancianos.

Se los quitó de una patada y tomó la combinación de Van y zapatilla. Esta vez cruzó el cuarto cojeando y Claire soltó una carcajada.

—Lo siento; lo que pasa es que se ven tan… grandes.

—Lo sé. A mí me gusta que todo me quede justo.

—Ya me di cuenta —dijo Claire entre dientes—. Traje lo que había en talla seis, la misma talla de las botas que llevaste a la piyamada.

—Posiblemente un seis en Estados Unidos es distinto de un seis en España —respondió Nina—. Como en Westchester un seis en realidad es un cinco.

Nina pudo encontrar un zapato plateado y otro similar dorado. De su bolso sacó un par de calcetines Ralph Lauren con diseño de rombos y se los puso sobre sus medias de red. Luego se puso los zapatos. Le quedaban perfectos.

Por el pasillo todas se quedaban mirando los zapatos de Nina. Claire se sentía orgullosa. ¡Lo había logrado! Había ideado un plan que ridiculizaría a Nina.

Poco a poco, a los susurros se unieron quienes la señalaban con el dedo. Mientras caminaban, Claire miró a Nina de reojo para ver si ya comenzaba a sentir la atención negativa. Si la sentía, lo disimulaba muy bien. Nina mantenía la cabeza erguida, y su paso era largo y con seguridad en sí misma, a pesar de que los tacones eran de distinto tamaño.

Finalmente, la elegante Sydney Applebaum y su mejor amiga, Emma Levy, se acercaron a Nina. Claire no podía contener la emoción. Quería grabar todo en la memoria para poder contarles a Massie y a Alicia, sin saltarse un solo detalle humillante.

—¡Qué zapatos tan geniales, Nina! —exclamó Sydney.

—¡Fantásticos! Me encantan los dos colores —agregó Emma, su mejor amiga—. Tú siempre estás a la última moda.

—Gracias —dijo Nina, con una amplia sonrisa, admirando sus zapatos—. Qué bueno que les gusten.

—Tenemos que ir de compras cuando vayamos a España este verano —le dijo Sydney a Emma cuando se alejaban.

Claire puso cara de fastidio.

Sonó el timbre que daba por terminado el período del almuerzo, y los pasillos se volvieron a llenar.

—Claire, gracias por tu ayuda —dijo Nina al despedirse.

—¿A dónde vas? —le preguntó Claire—. ¿No tienes clase en el quinto período?

—Sí, pero tengo que ir a la cabina de sonido a ver qué quería mi prima.

—Oh, sí —Claire se fue desanimada de nuevo a su casillero, pensando cómo les explicaría a Massie y a Alicia que había ayudado a Nina a iniciar una nueva tendencia de la moda.

—¿Claire Lyons? —llamó la directora Burns.

—¿Sí? —Claire se dio vuelta para mirarla. Nunca antes había escuchado a la directora decir su nombre.

—Me informaron que usted y la señorita Block se pasaron el período del almuerzo escondidas detrás de una máquina expendedora robando billetes. ¿Es cierto?

Claire se sintió mareada, como si estuviera soñando.

—¡Oh, no! No estábamos robando dinero.

—Pues eso no fue lo que escuché —respondió la directora Burns—. Hay rumores de que usted y la señorita Block podrían ser las que están cometiendo robos.

—Pero eso no es...

—De cualquier forma, usted y la señorita Block quedan castigadas después de que terminen las clases. Eso es todo —dijo la directora Burns; se dio la vuelta y regresó a su oficina, haciendo rechinar los tacones de goma de sus zapatos.

Cuando Claire llegó al salón de la Sra. Peckish al terminar las clases, hacía más frío que cuando estuvieron ahí esa misma mañana. En vez de aroma a café, olía a huevo. Claire tiritó de frío en su escritorio, pensando si La Fresa y Kori habían sido las responsables.

Se abrió la puerta de golpe y Massie entró con una sonrisa burlona. Claire admiraba la habilidad que tenía Massie de aparentar que ella misma había planeado con gusto que la castigaran.

—La Fresa y Kori —le dijo a Claire, articulando para que le leyera los labios mientras tomaba asiento.

Bing, bang, bong

Sonó el timbre de anuncios en los altavoces.

—Todo el personal docente debe presentarse en la sala de maestros para una reunión de emergencia —dijo la directora Burns.

—Me llaman —dijo la Sra. Peckish, lanzando un profundo

suspiro y encogiéndose de hombros—. Más vale que las encuentre aquí cuando regrese.

—Aquí estaremos —dijo Massie en el tono más dulce posible.

Una vez que se cerró la puerta, Claire volteó hacia Massie.

—¿Te molestaría si me baño esta noche? Quisiera olvidarme de todo lo que pasó hoy. Quisiera borrar los recuerdos de este día.

—Claro, siempre y cuando recojas toda tu ropa del piso. Hasta es posible que te deje bañar mañana.

—¿En serio? —dijo Claire en tono de broma, aunque hablaba en serio.

—Sip —contestó Massie, mirando hacia lo lejos—. Te propongo un trato.

Claire volteó a ver a Massie.

—Si dejas que Bean regrese a mi cuarto, te dejo ser la primera en bañarte todos los días.

—Pero no fue mi idea sacarla de tu cuarto; fue idea de tu mamá —dijo Claire con firmeza. No podía creer que hubieran vuelto al tema de Bean.

—Bueno, pues si le dices que a final de cuentas resultó ser sólo un resfriado —sugirió Massie—. Y el resto de la semana puedes dormir en la bañera.

—¿Qué?

—La voy a llenar de bolsas de dormir y mantas de cachemir, y te dejo usar todas mis almohadas de plumas, excepto una.

Claire se dio golpecitos en la barbilla con una pluma Bic. Mientras más lo pensaba, más sensato le parecía el plan. No sólo se podría volver a bañar, pero podría dormir a oscuras y llorar todo lo que quisiera por Cam.

—Trato hecho.

Iban a darse un apretón de manos para sellar el trato, cuando la puerta se abrió de golpe. Claire y Massie voltearon hacia el frente del salón y se cruzaron de brazos en sus pupitres.

—Soy yo —dijo Kristen, lloriqueando. Su suéter Wet Seal con cuello en V estaba salpicado de lo que parecía ser grasa de papitas fritas. Se veía extremadamente cansada, como si la vida la hubiera derrotado.

—¿Qué estás haciendo aquí? —le preguntó Massie, susurrando.

—Me acerqué demasiado a un mechero Bunsen en la clase de ciencias y explotó mi brasier relleno de agua. ¿Saben que estaba relleno de aceite en vez de agua?

Claire y Massie soltaron una carcajada.

—No es gracioso —dijo Kristen, secándose las lágrimas—. Mi mamá me va a matar.

—¿Por qué vas a estar en problemas por quemar tu brasier? —preguntó Claire—. Fue un accidente.

—Bueno, esa parte fue un accidente, pero no lo demás —agregó Kristen—. Como me goteaba aceite caliente por las tetas, me quité el brasier y lo lancé al otro lado del salón.

Esta vez también Kristen soltó una carcajada.

—Señoritas, ¿qué es este escándalo?

Las chicas voltearon hacia el frente y dejaron de reírse de inmediato.

—Tranquilas —dijo Dylan—. Soy yo.

Tenía el rostro como si lo hubiera metido en un tazón lleno de Skittles derretidos.

—¿Qué estás haciendo *tú* aquí? —Kristen parecía disgustada.

—Estaba estornudando en la clase de arte, y cada vez que be libpiaba la nariz se be quitaba un poco de baquillaje —les explicó Dylan.

—¿Y? —preguntaron las chicas.

—Vincent be descubrió ebarrándobe verde al pastel en los párpados y rojo en los labios —dijo, tratando de sonarse la nariz, pero no le salió nada.

—¿No son venenosos los colores al pastel? —dijo Kristen, dando una fuerte palmada en su pupitre.

—Eso cree Vincent —dijo Dylan—. Por eso estoy aquí.

—¡Hola chicas! —dijo alegremente Alicia, entrando al salón.

—¡No es posible! —Massie aplaudió.

—¿Qué hiciste *tú*? —le preguntó Dylan.

—Nada —respondió Alicia.

—Entonces, ¿por qué estás aquí? —le preguntó Claire.

—Porque todas ustedes están aquí —dijo Alicia, dirigiéndose lentamente hacia un pupitre junto a Massie y sentándose con calma—. Además, es la primera oportunidad que tengo de estar lejos de Nina desde que llegó. No deja de hablar de la nueva moda en calzado que está imponiendo. ¡Es tan pe-sa-da!

Alicia fulminó a Claire con la mirada, obviamente culpándola por el más reciente éxito de Nina.

—Lo siento —dijo Claire, lanzando un suspiro.

—¿Por qué? —preguntó Massie—. ¿Qué pasó?

—Nada —susurró Claire.

—Tiene razón —dijo Alicia—; volvimos exactamente al punto de partida. Lo único que logramos con la Operación Pega Pega es que Nina sea aún más popular.

Normalmente Claire se hubiera defendido, pero esta vez no pudo; Alicia tenía razón.

—Claa-ire, *¿qué pasó?* —volvió a preguntar Massie.

—¡Silencio! —gritó la Sra. Peckish, dando palmadas al regresar al salón—. ¡Absoluto silencio!

Afortunadamente, eso era exactamente lo que Claire quería.

Massie se apoyó contra la gruesa puerta de madera de la escuela, la empujó y salió al estacionamiento.

—¡Por fin libre! —levantó los brazos y comenzó a girar como un trompo. Las mangas acampanadas de su abrigo morado de lana dejaban pasar el aire que le congelaba los brazos desnudos.

A la distancia se escuchaba la molesta bocina de un auto, pero a Massie no le importaba. ¡Estaba tan feliz de que hubiera terminado el castigo!

—¡Aquí, Isaac! —gritó, señalando los faros de la Range Rover que entraba al estacionamiento—. ¿Quién quiere ir de compras a buscar vestidos? La "Caza romántica" es en tres días y, si voy a ir sola, tengo que verme sen-sa-cio-nal.

—No puedo creer que yo vaya a ir sola —dijo Claire, susurrando, mirando una grieta en el pavimento y sacudiendo la cabeza.

—Y yo no puedo creer que *Massie Block* vaya a ir sola —exclamó Kristen—. ¿Qué va a pasar si todos piensan que eres una perdedora?

—No lo harán cuando escuchen mi nueva filosofía acerca de los bailes escolares.

—¿Qué filosofía? —preguntó Kristen.

—A las fiestas, ¡sin cadenas! —exclamó Massie.

Claire y Alicia celebraron con aprobación. Massie levantó la mano y las chicas chocaron las palmas.

La misteriosa bocina seguía sonando.

—No finjas estar feliz por no tener una cita —dijo Dylan, sentándose en el borde de la acera. Tenía la frente húmeda y su voz era débil.

—¿Quién está fingiendo? —preguntó Massie.

Finalmente, la ruidosa bocina dejó de sonar. Se escuchó el portazo de la puerta de un auto, seguido de un fuerte taconeo en el pavimento.

—Dylan ¿crees que vamos a parecer perdedoras porque iremos en parejas al baile? —preguntó Kristen.

Dylan se encogió de hombros y apoyó la mejilla en el frío pavimento.

—¿Qué haces?

—Me estoy refrescando —dijo Dylan, quejándose—. Seguramente está a doscientos grados.

Cuando Isaac acercó el auto a la acera, las brillantes luces de la Range Rover le iluminaron el rostro.

—Miren cómo está de fuerte el sol; deberíamos buscar algo de sombra.

Las chicas comenzaron a reírse.

—¿Esperaron mucho? —preguntó Isaac, mientras abría la puerta para Massie.

—Como media hora —mintió ella—. Pero si nos llevas al centro comercial no te acuso con mi mamá.

—¿No tienen tarea?

—La terminamos mientras estuvimos castigadas —dijo

Massie, acomodándose en el asiento de cuero.

—¡Pues ninguna hija mía se va de compras después de estar castigada en la escuela! —gritó una mujer.

—¿Mamá? —preguntó Kristen, dándose vuelta.

Massie abrió la ventanilla para poder escuchar mejor.

—Exactamente —dijo la Sra. Gregory, agarrando con fuerza el crucifijo de madera que llevaba al cuello.

Massie se atravesó enfrente de Claire y sacó la cabeza por la ventanilla para no perderse detalle. La mamá de Kristen se veía como siempre, con canas en las raíces del tupido flequillo cortado recto a todo lo ancho de la frente, como Buster Brown, y las delicadas facciones.

—¿Cuándo llegaste? —Kristen tenía un pie en la Range Rover y otro en el pavimento.

—Vine en cuanto me enteré de tu desnudez en la clase de ciencias —dijo muy enojada la Sra. Gregory—. He estado tocando la bocina durante los últimos quince minutos.

—La Sra. Gregory toca y toca, como si estuviera loca —dijo Dylan, levantando la cabeza del pavimento y soltando una risita como si estuviera borracha.

—¿Está drogada? —preguntó la Sra. Gregory, soltando el crucifijo e inclinándose para ver mejor a Dylan.

—NyQuil —contestó Dylan, arrastrando las palabras, y soltó otra risita.

Isaac se ajustó los guantes negros de cuero y se agachó. Después de dar unos cuantos resoplidos varoniles, se las arregló para cargar a Dylan en un hombro, como lo hubiera hecho un bombero. Con la otra mano abrió la portezuela de atrás de la camioneta y recostó a Dylan en el asiento.

—Vámonos, Kristen Michelle. Tu papá quiere hablar contigo.

—¡Adayu! —suplicó Kristen en voz baja, apoyando el pie en el pavimento. Les hizo señas de despedida y siguió lentamente a su mamá hasta el modesto Chrysler.

—La Sra. Gregory es bien fastidiosa —dijo Alicia, entrando en la Range Rover.

—¿Quiere decir que yo gano la apuesta? —preguntó Dylan desde el asiento trasero, como delirando—. ¿Ya llegamos al bailongo?

—Usted no puede ir al centro comercial —dijo Isaac, arrancando—. La voy a llevar a su casa.

—¿De dónde vinieron todas estas serpientes rosas? —dijo Dylan, desternillándose de risa—. ¿Por qué tienen gafas para nadar? Y comenzó a llorar.

—Ésas son mis gafas, ¡son *mías*! —siguió quejándose Dylan.

Isaac aceleró y manejó a toda velocidad a casa de Dylan. Subió treinta escalones llevándola en brazos hasta la puerta principal de la mansión, y la dejó al amoroso cuidado de Flora, el ama de llaves.

—¡Increíble que haya ido a la escuela con gripe! —exclamó Isaac al regresar al auto.

—Odia perderse la acción —dijo Massie, sacudiendo la cabeza—. Siempre ha sido así.

Isaac abrió la guantera y sacó un paquete de paños desinfectantes Lysol. Limpió sus guantes y el volante, y les pasó varios paños a las chicas para desinfectar el asiento trasero.

—¿A dónde ahora? —preguntó.

—Al centro comercial Westchester —ordenó Alicia.

—¿Massie? —preguntó Isaac, esperando que ella diera la aprobación final.

—¡A Westchester!

Alicia rebotaba de gusto en su asiento, al tiempo que aplaudía.

—¡Eh! ¿Sabían que las tallas de zapatos son distintas en Europa y en Westchester? —preguntó Claire.

—¿Qué? —preguntó Alicia.

—¡Sí! Un seis de allá es en realidad un cinco de aquí —explicó Claire—. Cuando llevé a Nina a probarse zapatos, no le quedó ninguno de talla seis, porque eran muy grandes.

—Entonces quizás use talla cinco —dijo Massie—. ¿A quién le importa eso?

—Pero en la piyamada nos *dijo* que sus botines eran talla seis —insistió Claire—. ¿Recuerdan que Kristen y Dylan se los probaron en la piyamada? Ellas calzan talla cinco y los botines les quedaron muy grandes.

—¡Dios mío!… ni que estuvieras investigando un crimen.

—¿Por qué nos habrá mentido acerca de su talla de zapatos?

—Es muy curioso que Nina se interese en botas — comentó Alicia—. Antes se vestía tan mal. Era peor que…

—Quiero decir, usaba zapatos de hule y calcetines en los restaurantes —dijo, volteando a mirar a Claire.

—¡Huy! —dijo Massie.

—Sus hermanas eran las que se interesaban en el calzado. Son famosas por su estilo de vestir; todas las copian. Dos veces al año venden las botas de la temporada anterior, y con ese dinero se compran otras nuevas. Obtuvieron tanto dinero el año pasado que hasta pudieron volar a París para ir de compras.

—Posiblemente por eso la llaman tanto —dijo Massie, son- riendo—. Probablemente les robó las botas, igual que se robó mi lápiz labial.

—Y a mi novio —dijo Claire, con desprecio.

—No..., esperen, aquí puede haber algo interesante — Alicia abrió con asombro los ojos castaños—. Cuando regreso de España me faltan algunas de mis cosas favoritas. Siempre culpé a los maleteros de la línea aérea, pero pudo haber sido Nina. ¿Qué tal si Nina es la *rata*?

—No lo dudaría —dijo Massie, soltándose el cinturón de seguridad y agachándose.

—Yo tampoco —asintió Claire—; de plano.

—Tengo un plan —Alicia sacó su celular del bolsillo inte- rior de su abrigo gris y comenzó a revisar el registro de las llamadas recibidas.

—Todavía tengo aquí el número de sus hermanas. ¿Las lla- mo y les pregunto si les han robado algo?

—¡Sííí! —exclamaron Massie y Claire al mismo tiempo.

Massie se inclinó para bajar el volumen del radio. Alicia marcó el número y puso la función de altavoz en el celular.

Se apretaron mutuamente las manos, mientras esperaban que alguien contestara. El timbre sonaba distinto, un poco más agudo.

Piii, piii, piii...

—¡Eh, Alicia! ¿Crees que tus primas están en el baño?

—¿Qué? —contestó Alicia en voz baja— No.

Piii, piii, piii...

—Entonces, ¿por qué el teléfono hace pipí? —dijo Massie, riéndose de su propio chiste.

Alicia y Claire también se rieron.

Piii, piii, piii…

—Posiblemente están cenando —susurró Claire.

Alicia se encogió de hombros.

—Diga —finalmente contestó una vocecita somnolienta.

—¡Hola! Soy Alicia, tu prima. ¿Eres Celia?

—Sí —contestó Celia, como si estuviera acurrucada.

—¿Estás enferma? —preguntó Alicia.

—¡No! Estaba durmiendo.

Alicia se encogió de hombros.

—¿Durmiendo? —preguntó Claire—. ¿A estas horas?

—¡Durmiendo a las cinco de la tarde! —dijo Alicia, después de fijarse en su reloj Tiffani, cubriendo el celular y articulando para que le leyeran los labios.

—Creo que en España van siete horas adelante —dijo Massie—. Me di cuenta cuando traté de hacer un pedido de una bolsa Balenciaga en las oficinas en España. Nunca estaban abiertas cuando yo llamaba.

—¡Qué barbaridad! —Alicia se tapó la boca con la mano y dio un grito ahogado de asombro.

Claire y Massie soltaron una risita.

—Diga, diga…

—Discúlpame —dijo Alicia—. Aquí estoy. Te llamo, este, porque, este…

—Déjame hablar a mí —dijo Claire, acercándose al celular—. Hola Celia; soy Claire. ¿Se te han perdido algunos zapatos?

—¡Sí! —la voz de Celia cobró vida—. ¿Quién eres? ¿Eres la ladrona maldita que me robó mis botas? La policía te va a encontrar y, cuando te encuentre, ¡te va a matar!

—¡Oh! Okey, gracias —dijo Claire—. Discúlpame. Siento haberte despertado. Buenas noches. Adiós.

Claire cerró el celular de Alicia.

—Ya sabía que Nina era una ladrona —dijo Massie.

—¿Eso dijo? —preguntó Alicia—. Habló muy rápido y con acento, ¿estás segura de lo que dijo?

—Dijo que sí —agregó Massie.

—También dijo ladrona —dijo Claire—. Me parece.

—Eso lo confirma —asintió Alicia—. Se robó sus botas y todo lo que ha desaparecido por aquí.

—Incluyendo a mi novio —murmuró Claire.

—¡*Ya basta!* — le gritaron Alicia y Massie a Claire.

—Perdón... —dijo Claire, aunque seguramente no lo dijo de corazón.

—Tenemos que pescar a Nina con las manos en la masa —dijo Massie, jugando con su pulsera de dijes.

—¿Cómo lo vamos a lograr? —preguntó Alicia, gimoteando.

—Yo sé cómo —Claire se irguió en su asiento. Sonaba tranquila y segura de sí misma.

Isaac entró al estacionamiento del centro comercial.

—Isaac, no nos vamos a quedar.

—¿Qué? —Massie y Alicia exclamaron irritadas.

—El baile es en tres días, necesitamos ropa —dijo Alicia—. Y además, ya llegamos.

—¿Desde cuándo le dices a Isaac qué debe hacer? —agregó Massie.

—Bueno, ¿quieren atrapar o no a Nina?

Massie sintió un cosquilleo afectuoso. No sabía que Claire pudiera ser tan autoritaria... ¡y le fascinó!

—¿Massie? —le rogó Alicia—. *Tenemos* que ir de compras.

Isaac estacionó la camioneta, sin apagar el motor, mientras esperaba la última palabra.

—¿Massie? —preguntó.

Mientras pensaba, Massie oprimió varias veces el seguro de la puerta, poniéndolo y quitándolo, aumentando aún más la tensión en la camioneta.

—Massie —dijo Alicia irritada—, ¿nos podemos quedar?

Clic

—¡No! —Massie sacudió la cabeza—. Las compras tienen que esperar.

Isaac salió del estacionamiento y se dirigió a casa.

—Más vale que este plan sí dé resultado, Claa-ire —le dijo Alicia entre dientes—. Porque el último que se te ocurrió fue todo un fracaso. Se cruzó de brazos y se sentó desgarbada en el asiento de cuero.

—Va a funcionar, ¿verdad? —Massie le dio un pellizquito en el brazo a Claire, y antes de volverla a pellizcar insistió—. ¿Verdad?

Claire asintió.

—Bien —dijo Massie—, porque una oportunidad para comprar no se desperdicia, y se nos están acabando las oportunidades.

—Va a funcionar —prometió Claire.

—Por las dudas, empieza a rezar —dijo Alicia.

—Créanme —aseguró Claire—. Va a funcionar.

—A casa, Isaac —ordenó Massie—. Y vete por el camino corto porque tenemos mucho que hacer.

ESTADO ACTUAL DEL REINO

IN	OUT
OPERACIÓN LLAMADA INTERNACIONAL	OPERACIÓN PEGA PEGA
INVESTIGACIÓN DE CRÍMENES	COMPRA DE VESTIDOS
EXPLOSIÓN DEL BRASIER	ESCOTES

Massie se dirigió con Claire y Alicia hacia la puerta lateral, cerca de la cocina. En el otro lado del jardín, los trabajadores cargaban sus camionetas con maderos y herramientas, listos para irse a casa después de un arduo día de trabajo. Claire no podía distinguir detalles específicos en la penumbra, pero parecía que la nueva casa ya tenía paredes y la mitad del techo.

—¡Qué rápido están construyendo la casa de huéspedes! —exclamó Alicia asombrada.

—No parece muy rápido cuando una tiene que dormir en la bañera —dijo Claire entre dientes.

—¿Qué?

—Nada —dijeron Claire y Massie al mismo tiempo, después de que Massie le dio un codazo a Claire en las costillas.

—Okey —dijo Alicia, encogiéndose de hombros.

—¿Estás segura de que Todd está en casa? —le preguntó Alicia a Claire como murmurando, mientras Massie trataba de abrir la puerta.

—Conociendo a Todd, está rondando a Inez mientras ella prepara la cena, esperando que deje caer algo al piso —dijo Massie, buscando las llaves en su bolso.

Alicia y Massie soltaron una risita.

—Sí, Todd a veces actúa como si fuera un perro, pero...

—comenzó a decir Claire, pero Massie la interrumpió.

—Mira Claa-ire, si es verdad lo que nos dijiste en el auto acerca de cómo sabe espiar, es más bien un sabueso —dijo, abriendo la puerta.

Entraron en la tibia cocina, y Claire supo de inmediato que Inez había preparado pollo rostizado. El fuerte y suculento aroma de la piel rostizada del pollo era inconfundible. Claire se asomó a las ollas, y vio puré de papas con tocino y sopa de fideos. Por lo menos la cena sería exquisita.

—Kendra —comenzó a decir Judi—, con todo respeto, no se puede esperar que un alumno quiera llegar a tiempo a la escuela. Hay que enseñarles buenos hábitos con el ejemplo y poner interés en su vida.

Seguramente habían estado tomando té, porque dejaron las tazas vacías en el mostrador.

—Pues, Judi, con todo respeto... —con una mano en el mostrador de la cocina, Kendra se puso la otra en la cintura—. Todo esto es nuevo para mí. ¿Sabes? A Massie nunca la habían castigado hasta ahora. De hecho, nunca había estado en problemas sino hasta que comenzó a tener amistad con...

—Hola, ma.

Kendra y Judi voltearon rápidamente, sorprendidas de que las chicas estuvieran ahí.

—Hola, mi amor, ¿cómo estuvo la escuela? —preguntó Kendra, sonriendo.

—Bien —contestó Massie—. ¿Dónde está Todd?

—Arriba, practicando la tuba —Judi miró a Claire como diciéndole "Tenemos que hablar acerca de los castigos en la escuela". Claire puso cara de fastidio.

—¿Qué están haciendo en la cocina antes de la cena? —preguntó Inez mientras entraba apurada a la cocina, moviendo los brazos como si estuviera abanicando el humo. Dio tres palmadas y exclamó—: ¡Fuera de aquí!

Todas salieron sin decir ni una sola palabra.

Massie llevó a Claire y a Alicia arriba, al cuarto de Todd. Massie se dio vuelta al llegar al último escalón.

—¿Por qué están discutiendo nuestras mamás acerca de la disciplina? —preguntó Massie, pronunciando con desprecio la palabra "disciplina".

—¡Ni idea! Pero es muy raro; me pareció que tu mamá estaba a punto de culparme a mí por los castigos —dijo Claire.

—No me sorprendería —dijo Alicia, jadeando al llegar al último escalón—. Antes siempre me echaba a mí la culpa cuando Massie contestaba algo mal en algún examen.

—Mejor que te culpe a ti antes que a mí —dijo Massie, haciéndole un guiño y dirigiéndose al cuarto de Todd.

Cuando llegaron a la puerta, Claire se adelantó y puso la mano en la perilla de bronce. Podía escuchar la música irritante de la tuba de Todd filtrándose por la pared.

—Permítanme —susurró, sorprendida de que Massie y Alicia estuvieran de acuerdo.

Claire contó mentalmente hasta tres y abrió la puerta.

—"¡Ji-ya!"—gritó, y entró dando una patada alta como lo hacen los expertos en kung fu.

—"¡Ji-ya!" —gritaron también Massie y Alicia, imitando el golpe de la mano como queriendo cortar el aire. Aunque se suponía que debía parecer enojada y cruel, Claire no pudo evitar sonreírse de su improvisada entrada.

—Hola, mis angelitos. ¿Significa esto que yo soy Charlie? —dijo Todd, hablando con la boca torcida.

—¿Dónde está tu equipo de espía? —preguntó Claire.

—¿De qué hablas? ¿Qué equipo de espía? —preguntó Todd, abriendo exageradamente los ojos aparentando inocencia.

—Massie, busca debajo de la cama. Alicia, revisa los cajones. Yo reviso el clóset.

—¿Qué están haciendo? —Todd se puso de pie—. ¡Auxilio! ¡Policía!

Comenzó a tocar la tuba como si fuera una sirena de alarma: *Tuuut... tuuut... tuuut...*

—¡Me están robando! *Tuuut... tuuut... tuuut...*

—Nosotras deberíamos llamar a la policía —dijo Claire, sacando ropa del clóset y tirándola al piso—. Es ilegal espiar a otras personas.

—No en el estado de Nueva York —se defendió Todd—. Aquí se permite instalar cámaras ocultas siempre y cuando una de las partes lo sepa, y yo soy esa parte, ¿ves? —dijo entregándole a Claire el documento legal que venía con el equipo.

Claire simuló leerlo, pero, como estaba enojada y no lo podía analizar, arrojó el documento al piso.

—Pues no creo que a mamá o a papá les importe si es legal o no, especialmente cuando ya te castigaron por fisgonear —dijo, dando golpecitos con las uñas de sus dedos regordetes en la puerta del clóset. Se había mordido tanto las uñas que ya le dolía la punta de los dedos—. No me sorprendería que mamá te castigara no dejándote tocar en la final.

Massie y Alicia se cruzaron de brazos, como amenazantes guardaespaldas.

—Okey, está bien. Busquen en la caja que dice "Ropa interior sucia y vieja".

Claire buscó en el fondo del clóset.

—Arriba —dijo Todd, señalando el anaquel encima de la ropa colgada.

Claire saltó y arrojó la caja de zapatos Adidas al piso. La caja se abrió.

—¡Uf! —gritó Claire—. Ahí sólo hay ropa interior vieja y sucia. ¿Qué te pasa?

—¡Oh! Me equivoqué de caja —dijo Todd, sonriendo de oreja a oreja—. La guardo para que me dé suerte.

—Pues la vas a necesitar si no nos dices dónde tienes escondido el equipo de espía —amenazó Massie.

—Busquen en la caja que dice "Operación ropa interior" —sugirió.

—¿Qué es lo que pasa con tu familia y las "operaciones"? —preguntó Alicia.

Claire se alzó de hombros y empujó la caja de zapatos L.L. Bean del anaquel.

—Cuidado —Todd dejó la tuba en la cama y corrió al clóset—; estas cosas son frágiles.

Antes de levantar la tapa, Claire dio un suspiro para dramatizar el momento.

—¿Listas? —preguntó Claire. Le fascinaba estar en control de la situación, y trataba de sacarle el mayor provecho posible.

—¡Síí! —exclamó Massie—. ¡Ábrela ya!

—¡Apúrate! —agregó Alicia.

—Aquí va —dijo Claire, levantando la tapa. Su interior estaba recubierto con terciopelo rojo.

—¡Eh! ¡Ésa es mi bufanda de Navidad! —gritó Massie—. ¿De dónde la sacaste?

—Me la regaló Nina porque le caigo bien.

—Pues es mía —dijo Massie, jalando la bufanda de terciopelo rojo y dejando caer dentro de la caja la pequeña cámara que estaba encima.

—¿Qué es eso? —preguntó Alicia, metiendo la mano en la caja de zapatos y sacando algo que parecía un botón negro.

—Es una camarita de botón —explicó Todd.

—Cam... —suspiró Claire, volteando a ver a Massie.

—¡Oh, no! No comiences a pensar en él ahora —dijo Massie.

—Todd me lo recordó. Lo que pasa es que no tengo idea de qué fue lo que pasó...

—Ahora no —Massie volteó a mirar a Todd—. ¿Cómo funciona?

Todd se cruzó de brazos y les dio la espalda a las chicas.

—Todd, más te vale hablar o no podrás ir a más partidos de fútbol —dijo Claire, sorprendida de cuánto sonaba como su mamá cuando se lo proponía—. Y sin eso no tienes ninguna posibilidad de gustarle a alguna chica.

—Okey.

Todd les explicó cómo usar la cámara y ver la transmisión en la televisión. Una vez que comprendieron cómo hacer las conexiones, Alicia tomó la cámara y la dejó caer en su monedero Fendi café y negro.

—Alicia ¿estás segura de que podrás ponérsela a Nina sin que se dé cuenta? —preguntó Massie.

—Dalo por hecho —contestó Alicia con una sonrisa de oreja a oreja.

—Okey, entonces mañana después de la escuela nos reunimos en la cabina de sonido para ver la transmisión —dijo Massie, repasando el plan—. Todd, si cuentas acerca de esto le voy a decir a todas las chicas de la OCD que les hablas a tus dedos.

Todd lloriqueó y sacudió la cabeza.

—Entonces, ni una sola palabra de esto a nadie —dijo Massie, entrecerrando los ojos—. Ni siquiera al Sr. Pulgar.

Alicia y Claire soltaron una risita. Todd les lanzó un tenis cuando salían, pero Massie logró cerrar la puerta a tiempo.

—Aún no he terminado contigo, Lyons —gritó Massie—. *¡Todavía no!*

—Recuerden —susurró Massie antes de que Alicia saliera de la mansión—, ni una sola palabra de esto a Kristen ni a Dylan. Por alguna extraña razón, parece que Nina les cae bien, y podrían terminar por decírselo.

Massie y Alicia entrelazaron sus meñiques en señal de jurar, y después Claire hizo lo mismo.

A la tarde siguiente, Claire estuvo muy inquieta en todas sus clases. Se moría de ganas por ver cómo era Nina en realidad. Si su plan daba resultado, Massie y Alicia siempre le estarían agradecidas. Si no daba resultado, ellas nunca volverían a tomar en consideración sus ideas. Cuando sonó el segundo timbre, Claire salió volando de la clase de inglés y corrió por los pasillos.

Cuando llegó a la cabina, Alicia y Massie ya estaban ahí viendo una televisioncita que les había dado Todd.

—Esto es muy extraño —comentó Massie—. La cámara no se está moviendo.

Claire se abrió camino hacia la pantalla. Estaban viendo una toma del piso de cemento y las patas de una banca. En el fondo se podía ver un calcetín blanco.

—A lo mejor se desmayó.

—Ojalá —murmuró Alicia.

—¿Alguna de ustedes le contó a Kristen o a Dylan? —Massie miró a Claire, como si quisiera fulminarla con la mirada.

—Yo no —juró Alicia.

—Yo tampoco —agregó Claire—. A lo mejor se le cayó.

—Pero ¿cómo?, si yo lo pegué por fuera de su mochila.

—¡Bah! —Massie puso cara de fastidio—. Ella es famosa por zarandear su mochila. Lo noté el primer día en que la vi. Pensé que te habías dado cuenta.

Alicia se encogió de hombros. Clavó la mirada en el piso y se puso a dibujar espirales en el escritorio de madera con su pluma plateada Tiffani.

—¡Qué fastidio!—exclamó Massie, dando por hecho el fracaso de la operación.

—Yo sabía que debíamos haber ido de compras —Alicia soltó de golpe su pluma—. Por lo menos, ahora tendríamos ropa para el baile.

—¡Eh! ¿No sería chistoso que nos viéramos de espaldas en la pantalla, y al darnos vuelta viéramos a Nina de pie detrás de nosotras? —dijo Claire, tratando desesperadamente de aliviar la tensión.

De pronto las chicas escucharon a alguien detrás, como olfateando. Las tres gritaron y se pusieron de pie de un salto. Parecían estar histéricas, agitando los brazos y saltando.

—¿Qué les pasa? —Kristen estaba de pie en el umbral de la puerta con el rostro cubierto de lágrimas.

—¡Dios mío, Kristen! —exclamó Massie, poniéndose la mano sobre el corazón—. Nos asustaste.

—¿Acaso, quién pensaban que era? —preguntó Kristen—. ¿Chucky?

Las chicas se rieron y Kristen esperó pacientemente a que se calmaran.

—¿Cómo nos encontraste? —preguntó Massie.

—Vi a Claire correr hacia acá después de clase y... —dijo Kristen—. Esperen... ¿no quieren que yo esté aquí?

—No, no es eso —explicó Alicia—. Pensamos que tenías práctica de fútbol.

—Es los martes y jueves —la corrigió Kristen—. ¿Dónde está Dylan?

—Se fue temprano a su casa porque está enferma —le recordó Massie—. Eso ya lo sabías.

—¡Oh! Sí —dijo Kristen, mirando hacia el piso. Se retorció un mechón de cabello rubio en el dedo índice y las lágrimas le rodaron por las mejillas.

—¿Qué te pasa? —preguntó finalmente Claire.

—Mi mamá insiste en ser chaperona en el baile, porque me han castigado mucho en la escuela últimamente —explicó Kristen, sollozando histéricamente.

—¿Qué? — protestó Massie.

—No por ofender, pero esa mujer tiene que inscribirse en un gimnasio o algo así —agregó Alicia—. Está obsesionada con todo lo que tú haces.

—Esa *mujer* es su *mamá* —dijo Claire—. ¿A ustedes nunca las castigan sus papás?

Alicia y Massie se dieron vuelta y negaron con la cabeza.

—¿Cómo voy a poder besar a Kemp Hurley, si mi mamá me va a estar observando toda la noche? —se quejó Kristen—. No voy a poder ganar la apuesta, a menos que...

—A menos que, ¿qué? —preguntó Massie.

—A menos que Dylan se ponga peor —Kristen cerró los ojos, cruzó los dedos y se mordió el labio inferior. Parecía una concursante de *American Idol* esperando saber si ganó.

Claire recordó el baile y suspiró.

—¿Podemos ir al centro comercial? —preguntó.

—Claa-ire, ¿dijiste lo que me parece que dijiste? —dijo Massie incrédula.

—En serio —dijo Alicia—, eso lo digo yo.

—Ya lo sé, pero a lo mejor si tengo un vestido bonito Cam podría cambiar de opinión.

—Me gusta tu manera de pensar —dijo Alicia como ronroneando.

—Creo que te debes comprar ropa bonita, pero no para Cam —sugirió Massie—. Tienes que pensar en el futuro. Todas debemos hacerlo. Podrías planear besar a otro chico en el baile.

—No podría...

—Ella ya no tendrá nada que ver en la apuesta, ¿verdad? —preguntó Kristen—. No es por fastidiar, Claire, pero de verdad quiero esas botas.

—Ya se los he dicho. No quiero besar a nadie por una apuesta —les recordó Claire.

—Creo que deberías hacerlo sólo para darle una lección a Cam —dijo Massie, haciendo una mueca traviesa con los labios.

—¿Le vas a hacer eso a Derrington? —preguntó Claire.

—Lo estoy pensando —respondió Massie, poniéndose brillo labial sabor Cinnabon y lanzando un beso al aire—. ¿Por qué no les preguntas a los corazoncitos a quién vas a besar?

—Buena idea —dijo Claire, metiendo la mano en una bolsa de plástico que tenía en el bolsillo del abrigo. Ya le quedaban pocos corazoncitos y le costó trabajo encontrar alguno que no estuviera aplastado. Sólo le quedaba uno entero.

—Okey —dijo, suspirando—. Corazoncito, cuando abra los ojos después de mi primer beso, ¿veré a Cam Fisher?

Claire sacó el corazoncito del bolsillo y volteó a verlo. Sonrió antes de leer en voz alta.

—¿Qué dice? —preguntó Massie.

—Léelo — dijo Alicia, apurándola.

—¡Ándale! —agregó Kristen.

—**"Lo que desee tu corazón"** —leyó Claire, lanzando un profundo suspiro.

Las chicas saltaron y aplaudieron, celebrando la buena suerte de Claire, mientras ella chupaba el corazoncito, haciendo un gran esfuerzo por no morderlo.

Las chicas estaban en la mesa dieciocho, la misma que normalmente ocupaban en la cafetería. Alicia lamía sus rollitos California, Claire comía cereal Cap'n Crunch, Kristen bebía leche directamente del envase, y Dylan le quitaba el queso a su pizza confiando en bajar unas cuantas libras antes del baile.

La única sin apetito era Massie. ¿Cómo podría digerir la comida, si parecía que todas las chicas de la escuela estaban a punto de participar en una audición para un video de Christina Aguilera?

—¿Por qué todas se quieren parecer a Nina? —preguntó Massie, haciendo un gesto como si acabara de chuparse un limón.

—Es increíble cuántas la están tratando de copiar. ¡Qué "cotipaté"! —dijo Kristen, levantándose apenas de su asiento para bajarse la minifalda.

—Sí, es buy patético —dijo Dylan, tosiendo y sacando una latita de grajeas de limón importadas de Francia del bolsillo lateral de su bata de baño de seda china. La usaba sobre jeans, y parecía de última moda, aunque en realidad sólo tenía flojera de arreglarse porque se sentía enferma.

Massie estaba tentada a decirles que eran unas hipócritas, pero se arrepintió. No quería que Kristen y Dylan se allegaran más a Nina de lo que ya estaban.

—Massie, ¿cómo te vas a peinar mañana en la noche? —le preguntó Alicia, mientras sorbía su Cosmopolitan virgen—. ¡Uf! Esto sabe a Kool-Aid —exclamó, sacando la lengua.

—¡Oh! Eso me recuerda… —Massie sacó su celular y marcó la tecla de llamada directa a Jakkob—. Necesito ir al salón de belleza a que me peinen.

Massie pellizcaba la corteza de pan integral del sándwich de atún, mientras esperaba que alguien contestara en el salón de belleza.

—Sí, hola Casey… Massie Block… Bean está muy bien, gracias. Le fascina el gel para el pelo que le diste. Escucha, necesito ver a Jakkob mañana como a las cuatro, para que me peine. Es un evento muy importante y tengo que verme fas-ci-nan-te. ¿Cuatro y media? ¡Perfecto! Nos vemos entonces.

—¡Listo! —arrojó el sándwich a la basura y se cruzó de brazos.

—Me dijeron que tu babi va a estar en el baile —dijo Dylan, volteando hacia Kristen. Entrelazó los dedos por atrás de la cabeza y se reclinó en la silla—. Con tu babá vas a tener una noche muuuy robántica con Kemp Hurley.

—¡Oh! Como si a Chris Plovert fuera a parecerle muy romántica tu sinusitis —dijo Kristen, enojada.

—Ustedes dos deberían suspender la apuesta —sugirió Massie—. Las está distanciando.

—Sí, además sólo se debe besar a quien uno quiere de verdad; no besar por besar —dijo Claire.

—Escuchen a la experta —dijo Dylan, con una sonrisita traviesa—. Cab ni siquiera te habla.

—Eso dolió —dijo Alicia.

—Va a volver a mí —asintió Claire—. Ya me lo dijeron los corazoncitos.

Segundos más tarde, Massie recibió un mensaje de texto. ¡Tenía tantas ganas de que fuera de Derrington! Esperó unos segundos antes de leerlo, porque era mejor tener esperanzas que desilusión.

Cuando por fin lo leyó, sintió que se le encogía el corazón. El mensaje era de Claire.

CLAIRE: YA T LLAMÓ DRRINGTON?
MASSIE: ☹
CLAIRE: CAM TAMPOCO. YO DBRÍA LLAMARLO. EL BSO ES MAÑANA.

—No lo llames Claa-ire. Él tiene que buscarte.

Claire le echó a Massie una mirada que decía: "Gracias por publicar lo que te dije en secreto", pero a Massie no le importó. No podía ser la sicóloga de todas todo el tiempo, especialmente cuando las cosas le iban tan mal con Derrington. Ya se había terminado dos tubos Glossip Girl en una semana, y los sabores habían sido pudín de pasitas y heno. La tensión nerviosa la estaba llevando al extremo de ponerse demasiado brillo labial.

—Eso es lo que siempre dice Nina. Deja que ellos te busquen —dijo Dylan.

—Me parece muy bien que por fin estés siguiendo los consejos de Nina —dijo Kristen—. Ella es experta en chicos.

—Creo que sé un poquito más que solamente acerca de chicos —susurró Nina, mientras acercaba una silla a la mesa dieciocho para sentarse. Tenía puesta una camiseta de "Vírgenes para siempre" de Sage, pero con *NO* escrito en rojo cruzando las palabras.

—Para que sepas, yo no seguía *sus* consejos —la corrigió Massie—. Acabo de leer un artículo acerca de sicología masculina en *Teen Vogue.*

—Admite que quieres ser como yo; todas las demás lo hacen —Nina miró a su alrededor en la cafetería y les sonrió a las chicas que llevaban botas hasta la rodilla, microminis y ajustadas camisetas reveladoras.

—Mira, Kristen —Nina señalaba a un grupo de chicas con sombreros de vaquero—. Te dije que esos sombreros serían populares.

—¡Dios mío! —dijo Kristen, con una amplia sonrisa—. Tenías razón.

—¿Para qué seré mejor? —preguntó Nina a nadie en particular—. ¿Consejos acerca de la moda o acerca de chicos?

—Nina, deberías ir a la enfermería, al clóset de cosas perdidas —dijo Massie.

—¿Cosas perdidas?

—Porque perdiste la cabeza.

—La que está perdiendo todo eres tú, empezando por tu popularidad —dijo Nina.

—En la enfermería podrían tratar de curarte; estás delirando —dijo Massie, aunque temía que Nina tuviera razón.

—Tú eres la que necesita volver a la realidad —agregó Nina, mientras se acercaba a su mesa un grupo de alocadas.

—Nina, tienes que ayudarme —le rogó Cookie Holsen, metiendo la mano en su bolso marinero Dooney & Bourke morado para sacar dos conjuntos de ropa distintos. Uno era un vestido de satén estilo BCBG, rojo, tipo español, con volantes en las mangas, y el otro era una camiseta sin mangas con cuello en V, transparente, y shorts de cuero.

—¿Hace falta que preguntes? —dijo Nina sarcásticamente, al tocar las prendas.

—¿Los shorts cortitos de cuero? —preguntó Cookie, dudosa.

—¡Listo!

—¡Eh! Ésa es mi palabra —le susurró Alicia a Massie.

—Ya no —contestó Massie, en un susurro—. Está claro que Nina se roba todo.

—Cookie... —Massie le hizo señas con el índice para que se acercara. Una vez que la tuvo bien cerca, Massie le susurró—: Si quieres verte *elegante*, te sugiero el vestido rojo. Los volantes están muy de moda.

—Quiero parecerme a Nina —dijo Cookie—. Además, ella tiene mucha más experiencia con chicos. Lo siento, pero por ahora prefiero sus consejos.

Las dos chicas que estaban de pie detrás de ella asintieron con la cabeza, y abrieron sus bolsas para que Nina aprobara su guardarropa.

—¿Sabes, Massie? —dijo Elise West, una de las amigas de Cookie—, deberías pedirle a Nina que colabore en tu blog. ¿Sabes?, cuando se trate de moda y de chicos... ¡ah! y de maquillaje.

—Mejor sería que Nina escribiera todo el blog —sugirió Alexis Higgins, la otra amiga de Cookie.

—Nina, Alexis tiene razón —le dijo Cookie, apoyándose nerviosamente primero en una bota de tacón alto y luego en la otra—. Tus consejos son mejores que los de cualquier otra en toda la escuela.

Massie podría haber jurado que Cookie la miraba directamente al decir eso. Sentía cómo se le retorcieron las entrañas. Era una combinación de rabia y dolor. Nina estaba destruyendo su imperio. Y ya ni siquiera era famosa.

Nina debió haber advertido la frustración de Massie.

—¿Cuál es esa expresión que usan ustedes? —Nina chasqueó los dedos unas cuantas veces, como si eso pudiera ayudarla a recordar—. ¡Ah! Sí... ¿No es bueno llorar?

—¿Quieres decir "Ya ni llorar es bueno"? —gritó Cookie.

—Sí, eso —sonrió Nina—. Massie, ya ni llorar es bueno. Yo soy la nueva diosa de la moda, y más te vale irte acostumbrando a la idea.

—Tienes razón —Massie sonrió a medias, sintiendo cómo la miraban todas sus amigas.

—¿Ahora es ella la diosa? —le preguntó Alicia.

—Sip —Massie le quitó el envase de leche a Kristen y con un solo movimiento vació el contenido sobre Nina—. Ya ni llorar es bueno.

La leche empapó la camiseta de "Vírgenes para siempre" de Nina y hasta las puntas del cabello de Cookie.

Todas soltaron una carcajada excepto Nina, Cookie y sus dos amigas. Se quedaron como congeladas con la boca abierta.

De pronto, Massie sintió una mano huesuda en el hombro y una larga uña quebradiza se le clavó en el cuello. Massie pensó si sería un pájaro que había entrado por la ventana. Por las dudas, volteó con cuidado.

—¡Está castigada! —vociferó la directora Burns, entregándole una nota rosa a Massie—. Con ésta ya van tres en una semana, señorita Block.

Massie trató de responder, pero la directora Burns la interrumpió antes de que pudiera decir siquiera la primera sílaba.

—Un castigo más y será expulsada temporalmente —dijo, rodeando la silla en que Massie estaba sentada, sin quitarle de encima sus brillantes ojos negros.

Nina permaneció sentada con una sonrisa burlona.

La directora Burns finalmente volteó a mirar a Alicia.

—¿Qué hice yo? —preguntó Alicia con expresión de inocencia en sus ojos castaños.

—No hizo nada; sólo venía a entregarle esta noticia —la directora Burns le entregó a Alicia una servilleta blanca de papel, cubierta de diminutas letras en mayúscula, con una manchita de café en el ángulo inferior izquierdo.

—Aparentemente encontraron una cámara en miniatura en los vestidores de Briarwood. El entrenador Pierce acusa a la academia Grayson de espionaje. Está presionando al consejo de atletismo para que cancele la final, hasta que se haga una investigación total.

Massie sintió que el pulso se le aceleraba.

—¡No! —gritó Kristen—. No puede posponer el partido. He estado esperando este partido todo el año.

—Bueno, quizás podría tomar una clase de administración de tiempo, señorita Gregory —dijo la directora Burns—. Ahora le sugiero que se apresure, señorita Rivera. El público debe saber lo que está sucediendo.

—Ahora mismo —dijo Alicia y se alejó caminando.

—¡Dije que se apresure! —gritó la directora Burns.

—Es lo que estoy haciendo —contestó Alicia.

Massie estaba tan emocionada con la noticia que no podía

seguir sentada. En cuanto se fue la directora Burns, sacó su celular y les envió un mensaje urgente a Claire y a Alicia.

MASSIE: NOS VMOS EN LAS ESCALERAS D LA BI-
BLIOTCA CUANDO TRMINE MI CASTIGO.
VÍSTANSE CON COLORES OSCUROS. VGAN
SOLAS. LLEGÓ EL MOMENTO.

ESTADO ACTUAL DEL REINO	
IN	**OUT**
CABELLO CORTITO	SHORTS CORTITOS
LECHE	GALLETAS
CÁMARA DE ESPIONAJE	CAM DE CLAIRE

Claire, Massie y Alicia estaban echadas de panza en el frío concreto, cada una con los brazos en la espalda de la otra, tratando de no congelarse. Estaban escondidas debajo de la última fila de las tribunas en el estadio de fútbol de Briarwood, esperando pacientemente el momento oportuno para llevar a cabo su plan.

—¡Miren! —dijo Claire cuando vio a Cam salir de los vestidores hacia la cancha.

Él se estaba echando al hombro el bolso de marinero Puma color café y blanco, y subiéndose el cierre de la maltratada chaqueta de cuero.

—Espiar es formidable —dijo Massie, haciendo una pausa de un segundo antes de continuar—. Con excepción de lo que hizo Todd; eso fue pervertido a la décima potencia.

—Ésta es una nueva manera de conseguir chismes —sugirió Alicia.

—¡Es espantoso! —se quejó Claire—. Es otra forma de recordarme cuánto extraño a Cam.

Él esperaba junto al arco a que llegaran Derrington y Cris Plovert. Se veían cansados, porque no parecían jugadores después de una práctica, sino después de haber perdido un partido importante. Por un segundo, Claire sintió pena por

Cam, y deseó poder llevarle una Coca o una bolsa de Cheetos picantes. Sin embargo, recordó cómo se había escapado de ella la semana anterior y decidió que, si alguien debía dar regalitos, tendría que ser él.

Claire buscó en Massie algún signo de que estaba sufriendo por Derrington, pero su expresión no revelaba nada. Su expresión desafiante era la misma que tuvo cuando la directora Burns la regañó por echarle leche encima a Nina.

—Ellos son los últimos —dijo Massie, suspirando, cuando los chicos desaparecieron en la distancia. Tachó con esmalte morado para uñas sus nombres de la lista que Todd les había entregado después de la escuela—. Ya no debe haber nadie en los vestidores.

—¿Crees que nos extrañan? —preguntó Claire, escondiendo el rostro en las manos en cuanto lo dijo, como para protegerse de una inevitable bofetada.

—¡Claa-ire! —gritaron Alicia y Massie.

—Claire, ¿quieres que te dé un golpe en la cabeza? —preguntó Massie.

—No, ¿para qué? —respondió Claire.

—Para que te dé amnesia y lo olvides —dijo Massie.

Alicia soltó una risita y chocó las palmas en alto con Massie.

—¿A ti ya no te importa? —preguntó Claire—. Sinceramente, ¿ya te olvidaste de Derrington? Y a ti, ¿ya se te olvidó que Josh va a ir al baile con tu prima? —preguntó, volteándose a mirar a Alicia—. Si lo lograron, díganme cómo.

Claire sintió que se le salían las lágrimas. Estaba tan molesta consigo misma por dejar que las emociones la abrumaran que se sentó y se dio un golpe en el muslo con el puño.

—¿Qué importa si ya se me olvidó lo de Derrington o no? —dijo Massie con voz suave, tomando a Claire del puño—. El asunto es que tengo que actuar como si no me importara. Si no lo hiciera, estaría como tú.

—Ya no quiero sentirme mal —dijo Claire, sorbiéndose la nariz. No podía remediarlo. Era como una costra que le producía comezón. Se sentía incapaz de dejarla sanar.

—El único remedio es atrapar a la chica responsable de nuestro sufrimiento. Es la única forma en que nos recuperaremos algún día —dijo Alicia, al tiempo que se tapaba la cabeza con la capucha de su suéter negro de cachemir.

—Ella tiene razón —asintió Massie.

—Okey —dijo Claire, respirando profundamente y forzándose a sonreír.

—Qué bueno que contamos con la enfermera Adele —dijo Massie, cubriéndose el rostro con un fino chal de lana negro—. ¿Cómo es que nunca se me ocurrió hacerme amiga de la enfermera? Después de todo, ella *es* la que guarda los artículos perdidos. Debí haber visto esa oportunidad antes que Claire.

—Como si tú te fueras a poner ropa usada por otras chicas —dijo Alicia.

—Cierto —dijo Massie, olfateando y haciéndole gestos al chal negro—. Esto huele a viejo.

—Bueno, en realidad a mí Adele me *cae bien*—comentó Claire, poniéndose una gorra para esquiar y metiéndose adentro el cabello.

—Sólo te cae bien porque te deja sacar lo que quieres —agregó Alicia.

—No es cierto —dijo Claire irritada—. Ella fue mi primera amiga en la OCD.

—¡Uf! Pero si es la enfermera —Alicia puso cara de fastidio.

—¿Y qué?

—¡Concéntrense! —gritó Massie, dando una palmada y cubriéndose el rostro con un tapabocas. Claire y Alicia la imitaron. Massie comenzó a tararear el tema de *Misión Imposible*, mientras se dirigían de las tribunas a la cancha. Casi de inmediato Claire y Alicia se pusieron a tararear. Cuando llegaron a la puerta de los vestidores, se apoyaron de espalda contra la pared, como lo hacen los policías que están a punto de entrar de sorpresa al departamento de un traficante de drogas.

—Okey, ¿qué exactamente estamos buscando? —susurró Claire.

—No sé —dijo Massie—, pruebas de que Nina está robando, supongo.

—Sólo porque su cámara estaba aquí, no significa que vamos a encontrar algo —dijo Alicia.

—Lo sé, pero es la única pista que tenemos —dijo Massie, molesta—. Apresúrense —empujó con el hombro la puerta azul de los vestidores y la abrió sin hacer ruido.

—¡Puf! —Alicia abanicó el aire en el momento de entrar.

—Huele a sudor y a cinta adhesiva —dijo Massie, estremeciéndose—, y a suspensorios.

Claire se tapó la nariz con el cuello de su rompevientos.

—¿Cómo sabes a qué huelen los suspensorios? —preguntó Alicia con una sonrisita.

—Escuché a Nina describirlos mientras dormía —respondió Massie.

Alicia soltó una carcajada. Claire se hubiera reído, si no hubiera estado tan ocupada examinando los casilleros verdes, preguntándose cuál sería el de Cam.

Se podía escuchar el agua que goteaba en los baños.

Ping, ping, ping

—¿Anda alguien por ahí? —preguntó Massie.

Nadie contestó.

—¡Miren! —susurró Alicia, señalando un casillero con un candado rosa brillante.

—¿Qué chico podría usar un candado rosa? —preguntó Claire.

—Eli —dijo Massie, soltando una risita.

—Sip, pero no está en el equipo —le recordó Claire.

Las tres se acercaron a examinar el candado.

—Se parece al candado de Kristen.

—Trata de abrirlo con su combinación —sugirió Claire—. Es el cumpleaños de Beckham, 0502.

—¡Tienes razón!

Después de asegurarse de que no había intrusos, Massie agarró el candado. Hizo girar el disco hacia la derecha, después hacia la izquierda, luego totalmente hacia la derecha y por último ligeramente hacia la izquierda. Tomó una bocanada de aire y jaló. El candado se abrió.

Las chicas se quedaron sin aliento.

Massie se metió el candado en el bolsillo y levantó el pasador.

—¡Ya está! —dijo. Abrió la ruidosa puerta verde y de inmediato se tapó la nariz. El fuerte aroma a colonia varonil estaba en todas partes.

—Es Polo —dijo Alicia, haciendo a un lado a Massie y a

Claire, prácticamente metiéndose dentro del casillero. Después de respirar profundamente varias veces, Alicia frotó con los dedos el blazer azul que colgaba del gancho posterior, respiró otra vez y anunció—: Éste es el casillero de Josh Hotz.

—¿Cómo lo sabes? —preguntó Claire.

—Colonia Polo, blazer Ralph Lauren, y éstos —abrió la puerta tanto como pudo y señaló los recortes de periódico pegados en el interior—. Son artículos acerca de cuando lo expulsaron de Hotchkiss por hacer sonar la alarma de incendio.

Alicia descolgó el blazer de Josh del gancho y se lo probó. Se llevó una manga hasta la nariz y la olió.

—Ummm —hizo el mismo sonido que Dylan hacía en la cafetería cada vez que olía panquecitos de arándano recién salidos del horno—. Ralph, ¿cómo lo *logras*?

Claire y Massie empujaron a Alicia a un lado y se acercaron a mirar.

—¡Qué asco! —dijo Massie, levantando un calcetín sucio del fondo del casillero—. Todos los del equipo Tomahawks lo firmaron para darle la bienvenida al equipo.

Claire buscó en secreto la firma de Cam. Sintió un cosquilleo en la palma de las manos en el instante en que reconoció su letra inclinada: *Hotchkiss es una porquería. Bienvenido a Briarwood.*

—¿Por qué robaría Josh el candado de la bicicleta de Kristen? —preguntó Alicia.

—No, no lo habría hecho —Claire sacó un papel con el monograma de ALICIA RIVERA en letras plateadas.

—Ésa es una de mis hojas con monograma —exclamó Alicia, casi sin poder respirar—. ¿Cómo la consiguió?

Claire se aclaró la garganta y leyó en voz alta.

Hola Josh:
Puse un hechizo español secreto de victoria en este candado.
Úsalo una semana antes del partido y los Tummyhocks ganarán el
partido final. Si le dices a alguien cómo lo conseguiste o por qué lo
estás usando, el hechizo se volverá maleficio: perderán el partido y
te romperás un tobillo.
Cariñosamente,
Nina

—¡Eh! —gritó Claire—. Nina estampó en la nota un beso
con lápiz labial rojo.

—Alicia, ¿hay un hechizo español para ganar? —preguntó
Massie.

—No, que yo sepa.

—Entonces, ¿por qué habrá querido que Josh tuviera…?

—Por esto —contestó Claire, señalando una bolsa gris de
zapatos de Kenneth Cole pegada con cinta adhesiva al anaquel
superior del casillero de Josh. Levantó los brazos tratando de
alcanzarla—. ¡No la alcanzo!

—Alicia, ayúdame —dijo Massie, sujetando el extremo de
una de las bancas de madera.

Alicia tomó el otro extremo de la banca, mientras Massie
hacía un gran esfuerzo por levantarla.

—¡Levántala! —ordenó Massie fastidiada.

—Es lo que estoy tratando de hacer —gimoteó Alicia.

Finalmente, Massie se las arregló para mover sola la banca.
Era la primera vez que Claire la veía hacer algo que remotamen-

te fuera un esfuerzo físico, y no pudo evitar soltar una risita.

Una vez que la banca estuvo en su lugar, Claire se subió y jaló la bolsa Kenneth Cole con muy poco esfuerzo.

—¡Eh! Ésa es mi bolsa de zapatos.

—¿Cómo lo sabes? —preguntó Massie—. Todo el mundo en Westchester compra en Kenneth Cole.

—Fíjate en la parte inferior —sugirió Alicia.

Claire levantó la bolsa, donde decía "AR y RL" en tinta metálica dorada.

—¿Quién es RL? —preguntó Claire.

—Ralph Lauren —Massie puso cara de fastidio.

—No quise que Ralph se molestara porque compré en Kenneth Cole, por eso escribí eso para tranquilizarlo —dijo Alicia, soltando una risita.

—Sin comentarios —dijo Massie, sonriendo.

—¿Listas? —Claire sacudió la bolsa y luego la abrió lentamente. Como las chicas estaban ansiosas por ver lo que había adentro, se chocaron al acercar la cabeza.

—Dámela —Massie le arrebató la bolsa a Claire y arrojó todo al piso.

—¡Increíble! —exclamó Alicia asombrada.

—¡Qué barbaridad! —dijo Claire con un grito ahogado.

—¡Dios mío! —dijo Massie en un susurro.

Todo el botín estaba disperso en el frío piso gris del vestidor de los varones: los calcetines con dibujos de rombos de Alicia, la plancha wafflera de Massie, el estuche de lápices Chococat de Natalie Nussbaum, la pluma Montblanc roja de la maestra Beeline, el llavero Kipling en forma de mono de Jessi Rowan, y por lo menos una docena de tubos y frascos de maquillaje.

—Ése es el delineador que Eli compró en el mostrador de MAC —dijo Alicia.

—¿Cómo sabes que es de él? —preguntó Claire.

—Porque ninguna chica se compraría un delineador rosa llamado Tender. Recuerdo haberlo visto probándoselo, cuando me topé con él en el centro comercial. Nina estaba conmigo.

—Seguramente Nina le dio el candado a Josh para tener un lugar secreto donde esconder su botín.

—No es posible que él no sepa lo que hay ahí —comentó Claire.

—Los chicos son idiotas —dijo Alicia, asintiendo.

—De acuerdo —dijo Claire, mirándose los tenis altos.

—Es el final de Nina —dijo Alicia, tratando de tronarse los nudillos.

—Adiós, muchacha —dijo Massie con una sonrisa malévola.

—Hasta la vista, *baby* —agregó Claire.

—*Ciao, bella* —dijo Alicia.

—¿Qué es eso, italiano? —preguntó Massie.

—No sé —respondió Alicia, encogiéndose de hombros—, pero quiere decir "No habrá más Nina", ¿verdad?

—Sí —asintió Massie.

—Sí, se las va a ver con nosotras —dijo Claire con una sonrisa de oreja a oreja.

Volvieron a poner los artículos robados en la bolsa, y Massie se la metió en el abrigo. Una vez que todo estuvo de nuevo en el casillero de Josh, se dirigieron al estacionamiento para encontrarse con Isaac.

—¿Y cuándo es que la vamos a desenmascarar? —preguntó Claire—. ¿Puede ser esta noche?

—¿Esta noche? No puedo —dijo Alicia—. Tengo tarea de matemáticas.

—Entonces, ¿cuándo? —dijo Claire en tono de queja.

—Calma; tenemos que esconder la ropa y pensarlo bien. Ahora no es el momento de saltar sobre la presa. Necesitamos un par de semanas.

Isaac prendió y apagó los faros de la camioneta. Massie le hizo señas.

—No puedo esperar tanto. Ella me robó más que un estúpido par de calcetines; me robó a Cam. Yo opino que la desenmascaremos mañana mismo en el baile.

Las tres chicas se detuvieron, y Claire de inmediato se arrepintió de haber tratado de darles órdenes. Los ojos de Massie centellearon mientras pensaba, y Claire se mordió las uñas, esperando la respuesta de Massie.

—Listo —dijo Massie.

Claire suspiró.

—Listo —confirmó Alicia.

—Y listo —agregó Claire—. No vamos a ir solas al baile. Tenemos una cita con el desquite.

—Y ¿qué se pone uno para una cita con el desquite? —preguntó Alicia.

—Una sonrisota —sugirió Massie.

—En ese caso —dijo Claire—, ya estoy lista.

Massie pudo oler la esencia a flores y plantas en su cabello al quitarse el abrigo blanco de cachemir. Jakkob la había peinado mitad hacia arriba y mitad hacia abajo, y los pasadores con piedras falsas, que le había puesto en las capas más cortas, hacían juego con los quince prendedores que tenía en el vestido Prada blanco, de lana y sin mangas, que le llegaba debajo de la rodilla. Aunque no tenía pareja, se sentía como un hermoso ángel de la nieve.

—Jackie, ¿puedes poner estas bolsas junto a mi abrigo? —dijo Massie, entregándole a la chica del guardarropa un montón de ropa. Jackie casi se cayó de bruces al agarrar las bolsas, pero logró mantenerse en pie hasta colgarlas en los percheros plateados detrás de su escritorio.

—¿Qué trajiste ahí? —le preguntó Claire, abriéndose la chaqueta de esquiar.

—Un conjunto para Kristen y varias opciones para nosotras, en caso de que quisiéramos cambiarnos al llegar —le explicó Massie mientras estudiaba lo que Claire se había puesto, ahora que estaban de pie bajo las luces rojas de la fiesta—. Debí haberte dado uno de mis abrigos elegantes. Esa chaqueta debería estar prohibida después de las cinco.

—Pero me gusta mi chaqueta de esquiar —explicó Claire, entregándosela a Jackie.

—A mí me gusta mi perrita, pero no la traigo a los bailes —aclaró Massie.

—Bueno, ¿qué te parece mi vestido? —preguntó Claire, girando para mostrarle su vestido Bebe de chifón azul, que le dejaba las rodillas al descubierto—. ¿Crees que este vestido hará que Cam me bese?

—No digas eso aquí —dijo Massie irritada, dándole una fuerte palmada en el hombro a Claire.

—¡Ay! ¿Por qué lo hiciste? —exclamó Claire, perdiendo el equilibrio y agarrándose de la esquina del escritorio de Jackie para no caerse.

—Tienes que actuar con confianza —le susurró Massie—. A partir de este momento actúa como si a-do-ra-ras tu vestido. La inseguridad se nota y no es atractiva.

—Pero me encanta mi vestido, y es a Cam...

—¡Basta! Hay cientos de chicos en este baile a quienes le fascinará tu vestido —dijo Massie, poniendo la mano con crema humectante, que acababa de aplicarse, frente al rostro de Claire.

La verdad era que lo que se había puesto Claire era demasiado dulzón para el gusto de Massie, pero a Claire le quedaba bien.

Jackie les entregó los comprobantes del guardarropa y un par de etiquetas que decían: Te quiero. Soy_____.
Claire escribió su nombre en la etiqueta y se la pegó en el vestido.

—¡Vámonos! —exclamó Massie, arrugando su etiqueta y dejándola en el escritorio.

—¿Por qué no quieres tu etiqueta? —preguntó Claire.

—El adhesivo es terrible en la lana.

El sonido apagado de "La La" de Ashleee Simpson se filtraba por las paredes del gimnasio, inundando el pasillo. Mientras más se acercaban a las puertas, más eran las risas y aclamaciones que escuchaban.

—¿Estás bien? —le preguntó Claire a Massie antes de entrar.

—Sip, ¿por?

—Te estás apretando el estómago —dijo Claire, preocupada.

—¡Oh! —exclamó Massie, bajando la mano—. No es nada, estoy bien.

La verdad es que sentía un nudo en el estómago. Siempre sentía eso antes de "entrar en escena". Esta noche, en realidad, tenía buenas razones para estar nerviosa. "¿Y si veo a Derrington? ¿Y si no lo veo? ¿Le gustará lo que hice con mis prendedores? ¿Me sacará alguien a bailar? ¿Qué tal si no funciona el plan de desquite para Nina?" Antes de entrar, Massie levantó los brazos con indiferencia para que se le refrescaran las axilas.

Al entrar al gimnasio las recibió un elegante hombre de esmoquin, que parecía un modelo de Calvin Klein.

—Bienvenidas, señoritas. ¡Qué hermosas se ven! Feliz Día de San Valentín —dijo, abriendo las puertas—. Disfruten del baile.

—Lo intentaremos —dijo Claire con un suspiro.

—Actúa con confianza —susurró Massie, dándole un codazo en las costillas.

—Lo siento.

—¡Dios mío! —fue todo lo que Massie pudo decir cuando vio el interior del gimnasio. Lo habían transformado por completo.

Los focos fluorescentes habían sido reemplazados por focos rosas, que le daban un tono cálido al ambiente. Del techo colgaban listones de encaje negro con corazoncitos de canela, que llegaban hasta unas pocas pulgadas del piso. Todos las hacían a un lado para poder caminar. A Massie esos listones le recordaban las largas cintas de hule que lavaban la Range Rover en el lavado para coches. De cuatro máquinas plateadas, una en cada rincón del gimnasio, salían grandes burbujas rojas que flotaban por todo el gimnasio. La cabina de sonido estaba recubierta con alfombra roja y brillo, y el DJ sólo tenía puesto un pañal, simulando ser Cupido. Parecía que todo el condado se hubiera hecho presente. El gimnasio estaba repleto.

—Mira —dijo Claire, golpeándole el brazo a Massie para señalarle la gigantesca escultura de hielo en forma de corazón en el centro del gimnasio.

Cam y Chris Plovert se reían histéricamente, porque Derrington simulaba haberse quedado pegado al hielo después de lamerlo.

Massie comenzaba a sudar de nuevo. ¿Cómo podían los chicos divertirse tanto sin ella? Quería correr al baño, volver a ponerse brillo en los labios, limpiarse las axilas y revisarse el cabello, pero debía seguir sus propios consejos y actuar con confianza.

—¡Chiquillos! —dijo, sacudiendo la cabeza.

—Es estúpido —dijo Claire—. ¿No deberíamos saludarlos o algo así?

—No, vamos a buscar a otros —sugirió Massie.

—¿Cómo voy a besarlo si ni siquiera puedo hablar con él? —exclamó Claire, dando un puntapié.

—Pues no lo harás. Mira, allá está Kristen con su mamá. Vamos a verlas. No queremos que nos vean paradas junto a la puerta observando la fiesta; parecemos perdedoras patéticas.

Massie jaló a Claire hacia la mesa redonda donde la Sra. Gregory y Kristen estaban probando galletitas con glaseado rojo. Caminó con perfecta postura, en caso de que Derrington estuviera observándola.

—¡Eh! —Kristen saltó de la silla y le dio un abrazo a Massie. Tenía puestos pantalones grises plisados y un suéter blanco con cuello tortuga, con un osito abrazando un corazoncito bordado directamente en el frente. El corazoncito decía: "Estoy triste sin ti", en letras rosadas manuscritas.

—Qué bueno que llegaron —susurró Kristen al oído de Massie, mientras se acomodaba su boina azul marino—. Me tienes que alejar de ella. Mira lo que me obligó a ponerme. *No* puedo hablar con Kemp vestida así.

Antes de alejarla de ahí, Massie le dio un apretoncito para tranquilizarla. A la distancia se veía a La Fresa, bailando como loca al compás de una canción de Simple Plan, hasta que se cayó al resbalar con una burbuja.

—Creo haber deseado que eso pasara, y sucedió —dijo Massie.

Claire y Kristen se rieron.

—Se merece eso por andar con chismes —dijo Massie a nadie en particular.

—No es gracioso; pudo haberse lastimado —dijo la Sra. Gregory corriendo hacia La Fresa, quien rodaba por el suelo agarrándose una rodilla.

—¡Qué bueno que por fin se fue! —dijo Kristen, extendiendo la mano para tomar el comprobante del guardarropa de la mano de Massie.

—¿No se va a dar cuenta tu mamá cuando te pongas otra ropa? —preguntó Claire.

—Espero poder cambiarme, besar a Kemp Hurley, ganar la apuesta y volver a ponerme mi propia ropa antes de que se dé cuenta —dijo Kristen—. ¿Ha visto alguien a "Landy"?

—Dylan no pudo venir —dijo Massie—. Su mamá dijo que estaba muy enferma.

—¡Perfecto! ¿Significa eso que yo gano la apuesta? ¿Dónde está Nina?

—No lo creo —contestó Claire.

—¿Por qué? —preguntó Kristen irritada, dando un puntapié.

—Porque Dylan está allá con Chris Plovert —dijo Claire señalando la mesa del bufé—. Fíjate, le está embarrando glaseado en la pierna enyesada.

—"On ol reco" —exclamó Kristen, aturdida—. Está muy enferma para salir.

—Me parece que se ve muy bien —agregó Claire.

Massie estuvo de acuerdo. Los rizos rojizos de Dylan estaban perfectos; rebotaban y deslumbraban cada vez que movía la cabeza. Tenía puesto un vestido Louis Vuitton negro, con cuello en V, que la hacía verse más delgada, con un tutú de tul en el ruedo. Era elegante y probablemente lo había sacado del clóset de su mamá.

Como si pudiera leerle la mente a Massie, Dylan levantó la vista y las llamó con señas.

—¿Qué estás haciendo aquí? —le preguntó Kristen—. Creí que tu mamá quería que te quedaras en cama.

—¡Cobo si la fuera a obedecer! —dijo, tratando de parecer rebelde frente a Chris.

—Eso me gusta —dijo Chris, echándose hacia atrás la corbata plateada y chocando las palmas en alto con Claire.

Dylan miró a Kristen y sonrió.

—Me gusta tu vestido —dijo Claire.

—Be hubiera quedado buy bien con botas —dijo, mirando a Kristen—. Las tendré dentro de buy poco.

—Chris, ¿has visto a Kemp? —preguntó Kristen, con las mejillas enrojecidas mientras se ponía brillo en los labios.

—Creo que fue a coquetearle a la chica del guardarropa —dijo Chris, metiéndose un tenedor en el yeso para rascarse la pierna—. ¡Espera! ¿No se supone que debe estar contigo?

—No —dijo Kristen, alejándose—. Yo debo estar con él. Kristen jugueteó con el comprobante del guardarropa y se alejó.

—Bonito suéter —dijo Dylan con una sonrisita, mirando a Kristen marcharse enojada hacia el otro extremo del gimnasio, empujando burbujas a cada paso.

De repente la música comenzó a sonar más fuerte, y Massie y Claire les dieron la espalda a Dylan y a Chris para fijarse en la pista de baile. La fiesta estaba en su apogeo.

—Necesito muchas parejas ardientes en la pista para quitarnos el frío del invierno —gritó el DJ, aunque tenía micrófono, antes de poner un viejo éxito de Nelly. De pronto, Massie tuvo la sensación de no encajar en ese ambiente. La pista estaba llena de parejas.

Cuando su celular comenzó a vibrar, Massie se sintió mejor de inmediato. Estaba harta de ver gente contenta a su alrededor. Abrió su cartera Isabella Fiore negra y plateada, de cuero de víbora, y se fijó en la pantalla del celular. Alicia le había enviado un mensaje. Massie lo leyó tan rápidamente que cualquiera hubiera pensado que era muy importante... mucho más importante que bailar.

ALICIA: ESTÁS?
MASSIE: EN EL BUFE CON C Y D, Y TÚ?
ALICIA: ACABO D LLEGAR CON NINA. YA ESTÁ
BAILANDO. MIRA.

Massie se fijó en la pista de baile como si estuviera buscando a alguien con urgencia. Si alguien estuviera observándola, pensaría que quien la llamó necesitaba que Massie encontrara urgentemente a alguien.

—¿Qué pasa? —preguntó Claire, moviendo la cabeza al ritmo de la música.

Como Massie no le contestó, Claire volteó hacia donde miraba Massie.

—No, no se *atrevería* —exclamó Claire cuando vio a Nina rodeada de Cam, Derrington y Josh. Estaba en medio del círculo formado por ellos, girando y moviendo los brazos como lo hacen las bailarinas árabes, y eso era exactamente lo que parecía.

Nina tenía puestos pantalones de harem transparentes, zapatos dorados de tacón, y una blusa corta de raso dorado. Se había alaciado el tupido cabello negro, y se lo había recogido en una cola de caballo, como si fuera una crin que le crecía del cuero cabelludo.

—¿Por qué le gusta tanto a Josh? —preguntó Alicia, haciéndose lugar entre Claire y Massie—. ¡Tiene tan poca clase!

—Lo sé, y nosotras tenemos mucha clase —dijo Massie—. No tiene sentido.

Massie admiró en silencio el vestido *halter* color turquesa de Alicia y su tosco collar color salmón. Los brillantes colores se veían hermosos contra su piel oscura, y Massie sintió el ardor de la envidia. Quería que alguien pensara que ella se veía hermosa, y hasta ahora sólo sus papás le habían hecho un cumplido, pero ellos no contaban.

Massie, Claire y Alicia observaron a Nina bailar con los chicos el resto de la canción. No sabían qué hacer. A Massie le pasaron por la mente varias ideas, pero ninguna fue lo suficientemente buena como para ponerla en práctica. Parecería más desesperada que Nina, y eso no era lo que quería. Además, para eso estaban Layne, Meena y Heather.

Ellas entraron de improviso a la pista, vestidas con sacos de papas y cantando "Nina la obscena". A Nina no pareció importarle. Comenzó a aplaudir al ritmo de Layne, tratando de que se uniera a su círculo amoroso.

—¡Dios mío! —dijo Claire, cubriéndose la sonrisa con la mano—. Alguien debería gritar: "Layne está loca".

—Anota la hora y el día —dijo Massie, sonriendo—. Oficialmente acabo de decidir que me cae bien esa chica; es comiquísima.

—¡No entiendo lo de su pasión por los sacos de papas! —exclamó Alicia.

Massie y Claire se encogieron de hombros.

Layne siguió escapándose cada vez que Nina intentaba acercarse, hasta que finalmente salió furiosa de la pista.

—¡Layne! —la llamó Claire, gritando sobre las notas de "Just Lose It" de Eminem. Le hizo señas a su amiga para que se acercara. Layne vio a Claire y sonrió. Dio dos saltitos y corrió atravesando el gimnasio.

—Vine en cuanto me llamaste —dijo Layne jadeando, seguida de Meena y Heather—. ¿Quieren unirse a nuestra protesta? Tengo suficientes sacos para todas —dijo, quitándose la mochila de imitación cuero de los hombros y sacando tres sacos de papas.

Massie y Alicia retrocedieron lo más rápido que pudieron.

—No, está bien —dijo Claire—. Sólo queríamos saber para qué eran.

—Fue idea mía —dijo Meena, dando un paso adelante y echándose un mechón rizado detrás de la oreja—. Son para demostrarle a la gente como Nina que uno puede seguir siendo hermosa incluso con ropa modesta.

—Los conseguí del supermercado de mi papá —dijo Heather orgullosa.

—No deberían haber permitido chicos en el baile —dijo Layne, sacudiendo la cabeza—. Siempre hacen que las chicas se porten mal.

—Ustedes se deberían cambiar de nombre a "Sacos aburridos".

El momento de afecto de Massie hacia Layne había terminado.

—¡Qué simpática! —se burló Layne. Volvió a meter los sacos en su mochila y se alejó. Meena y Heather la siguieron.

Alicia soltó una carcajada. Massie la imitó cuando se dio cuenta de que Derrington se limpiaba el sudor de la frente saliendo de la pista. Quería que viera cómo se podía divertir sin él, pero él ni siquiera volteó a verla.

—¡Oh! Este… adiós, Layne —gritó Claire.

Layne levantó la mano sin voltearse a mirarla.

—¿Han visto a Kristen? —preguntó la Sra. Gregory al acercarse a las chicas. Caminaba tan rápido que Massie se preguntó si podría detenerse al llegar a ellas, o si simplemente se estrellaría contra la pared.

—Me parece que está en el baño —sugirió Massie.

—Mientras no esté en la pista con esa arpía —dijo la Sra. Gregory—. ¿Dónde están los papás de esa chica?

—En España —respondió Alicia.

La Sra. Gregory sacudió la cabeza disgustada, y se sentó con Dylan y Chris.

Massie sintió un cosquilleo en el estómago, cuando recordó que esa misma noche iban a destruir a Nina de una vez por todas. Miró su reloj Chanel incrustado de diamantes. Sólo faltaban diez minutos para el gran momento.

—¿Está todo listo? —le preguntó Massie a Alicia.

—Sip—contestó Alicia, quitándose algo rojo de su vestido turquesa. Cuando le pasó la mano frotándolo, saltó al hombro de Massie.

—¡Uf! ¿Qué es eso? —dijo Massie, tratando de quitárselo, pero haciendo que saltara a la mejilla de Claire. Massie levantó la mano como si fuera a matar un mosquito—. Claa-ire, lo tienes en el rostro.

Claire agarró el brazo de Massie antes de que pudiera lastimarla. Volteó frenéticamente a ver sobre el hombro, como si el mosquito se hubiera escapado y ella tratara de encontrarlo.

—¡Ahí está! —Alicia señaló hacia el piso—. Es una luz láser.

—Todd, ¿dónde estás? —gritó Claire.

Todd apareció instantáneamente, saliendo de abajo de la mesa donde estaban sentados Dylan y Chris. Su amiguito, Nathan, le siguió. Ambos se habían disfrazado de gatos negros.

—Júrame que no estás usando mi viejo traje de baile —dijo Claire fastidiada.

Nathan se rió, pero sonó más bien como un rechinido.

—Claire, no tenemos tiempo para bromear —dijo Todd, levantándose la visera de la gorra de béisbol. Varios mechones de pelo mojado se le habían pegado en la frente y hablaba con la boca torcida—. Estoy en una misión especial. Si nos descubren en este baile, mucha gente podría meterse en problemas. Trata de disimular.

Le entregó a Claire un estuche de CD.

—¿Qué es esto? —preguntó Claire.

—¡Shhh! —dijeron al mismo tiempo Todd y Nathan. Luego soltaron una risita.

—Es un CD de ya sabes quién —agregó.

—¿En serio? —dijo Claire, y se le iluminó el rostro.

Massie se sintió embargada de tristeza, pero trató de sonreír, por Claire.

—Y éste es para ti —dijo Todd, metiéndose la mano en el bolsillo y sacando un anillo en forma de corazón. Era voluminoso y de plástico, pero a Massie no le importó. El anillo le quedó perfecto, como hecho a medida. Comenzó a sonreír, pensando que tal vez su suerte estaba a punto de cambiar.

—¿Me lo mandó Derrington? —preguntó con timidez.

—No —dijo Todd con orgullo, mirando a Massie con una sonrisa amorosa —. Te lo mando yo.

Massie se sacó el anillo y se lo metió a Todd por el cuello del traje negro.

—¡Ay! Eres una salvaje.

—¿Viniste hasta acá sólo para darme el CD? —le preguntó Claire, sin despegar la mirada del estuche.

—Ummm —musitó Todd, mirando nerviosamente a Massie.

—Vino porque yo hice que viniera —dijo Massie, tomándolo de la oreja y jalándolo hacia ella—. Si crees que se va a salvar de haberme espiado, estás equivocada.

—¿Eh? —dijo Claire, levantando finalmente la vista.

—Pensé que nos podría ayudar con nuestro plan de desquite —dijo Massie—. Y si hace un buen trabajo, quedamos en paz. Lo volvió a jalar de la oreja y Todd se quejó del dolor.

—¿Qué tiene que hacer? —preguntó Claire, en un tono que demostraba que los molestos instintos protectores se estaban apoderando de ella.

—Nada extraordinario —dijo Massie, soltando la oreja de Todd y volteando a verlo—. Todo lo que tienes que hacer es darle a Nina un masaje en los pies. Y mientras lo haces, Nathan se le debe acercar por detrás, como un ratoncito, y robarle los zapatos.

—¿Y luego? —preguntó Nathan con voz muy aguda.

—Me traes los zapatos. Les voy a hacer unos cuantos ajustes y se los devuelves.

—Pero tiene los pies sudados —se quejó Todd—. Mírala, está bailando como loca.

—Nunca dije que esto sería fácil —dijo Massie, sonriendo

de oreja a oreja—. Ahora vete. Le dio una nalgadita a Todd, y él salió disparado como un rayo hacia la pista, con Nathan siguiéndolo de cerca.

Alicia comenzó a aplaudir, y Massie esperó a ver la reacción de Claire, con una sonrisa esperanzada. Se podía imaginar a Claire saltando y felicitándola por haber pensado en una forma más de molestar a Nina.

—Me cuesta creer que Cam no haya incluido una nota —fue todo lo que dijo Claire.

—Parece que la lista de títulos es el mensaje —sugirió Alicia.

—¡Tienes razón! —exclamó Claire tras volver a estudiar la tapa del CD.

—¿Qué dice? —preguntó Massie, calculando que, si sonaba interesada, no se darían cuenta de lo herida que estaba porque Claire no se hubiera entusiasmado con el más reciente plan de desquite. Y, lo que era aún más importante, que Derrington no le hubiera enviado nada.

Con el CD frente al rostro, Claire leyó en voz alta.

"Sorry" Foxy Brown
"More Than Meets the Eye" The Bangles
"Don't Judge Me Bad" Monsieur Jeffrey Evans
& the '68 Comeback
"Trouble Will Soon Be Over" Blind Willie Johnson
"True" Ryan Cabrera
"Great Big Kiss" New York Dolls
"Happy Valentine's Day" Outkast

—Tengo que encontrarlo; él me quiere besar esta noche. Los dulces tenían razón. Dijeron: **"Lo que tu corazón desee"**, ¿recuerdan? Yo sabía que me enviaría una señal… lo sabía.

Claire abrazó el CD y salió corriendo a buscar a Cam.

—Parece como si estuviera correteando a un cachorrito —dijo Alicia, observando a Claire zigzagueando por el gimnasio, empujando a víctimas inocentes para abrirse paso entre el gentío.

—En realidad lo está —dijo Massie.

Alicia soltó una risita.

Massie se sintió mal por insultar a Cam, porque en verdad le caía bien. Sin embargo, actuar perversamente le quitaba un poco el enojo reprimido que sentía por Derrington. Y tenía bastante enojo que eliminar.

—He estado esperando cobo diez binutos para que nos salves —le dijo Dylan a Massie al oído.

—¿Qué?

—La señora Gregory ha estado sentada con nosotros durante veinte binutos. Si no nos deja solos, no voy a poder ganar la apuesta.

Se sonó la nariz en una servilleta rosa, y la dejó caer al piso distraídamente.

—¿Crees que te va a besar con ese catarro? —preguntó Massie.

—¿Cómo vas a respirar? —le preguntó Alicia.

Chris Plovert se acercó a ellas.

—¡Ah! Sí, este, creo que be fue bien en el exaben de batebáticas —dijo Dylan, más fuerte de lo necesario. Obviamente, no quería que él se enterara de lo que estaban hablando.

—Cuando termines de hablar de matemáticas podríamos ir a ver el nuevo auto de mi hermano —le sugirió Chris a Dylan.

—¡Oh! Claro —contestó Dylan, enrollándose un mechón en el dedo y meciéndose sobre los talones de sus sandalias doradas. Volteó distraída a mirar hacia atrás—. Pero esperebos que la babá de Kristen deje de birarnos. Be está poniendo nerviosa.

Chris puso cara de fastidio, pero estuvo de acuerdo.

Massie sintió alivio. Obviamente, Dylan estaba demasiado nerviosa para estar a solas con Chris. A fin de cuentas, posiblemente ella no era la única con fobia a los besos.

—Vamos por sidra caliente y pastel —sugirió Dylan, mordiéndose una uña, lo que raramente hacía—. Luego podemos ir a ver el auto de tu hermano. Dylan se quedó mirando fijamente a Massie y Alicia con los ojos muy abiertos, rogándoles en silencio que los acompañaran.

Los cuatro se dirigieron a la mesa del bufé, pero sólo Dylan tomó un plato rojo de plástico en forma de corazón. Se daba golpecitos con el dedo en la barbilla, mientras revisaba la variedad de alimentos. Se decidió por un pastelillo rosa y seis fresas cubiertas de chocolate. Massie, Alicia y Chris esperaban pacientemente, mientras Dylan seguía buscando algo salado para equilibrar el sabor dulce.

Josh Hotz estaba en la mesa, llenando un plato de galletas con chispitas. Al verlo, Alicia se puso brillo en los labios y se esponjó el cabello. Luego continuó actuando como si él no existiera.

—Olvídate de la comida —dijo Chris, con los ojos entrecerrados fijos en Dylan—. Vámonos ahora.

Dylan se enrolló un mechón de cabello rojizo en el dedo y se mordió el labio inferior. Se la veía preocupada.

—¿Por qué no vas? —le dijo Alicia a Dylan, dándole la espalda a Chris para que no la oyera—. No hemos visto a Kristen durante un buen rato; debes apresurarte. Alicia volvió a esponjarse el cabello, porque Josh ahora estaba apenas a unas pulgadas.

—Okey —le contestó Dylan, haciéndola a un lado y dirigiéndose directamente a Chris. Se dio vuelta y se percató de que la Sra. Gregory estaba ocupada hablando con otra chaperona—. Pero tenebos que correr para escaparnos de la babá de Kristen.

—¡Pero yo no puedo correr! —exclamó Chris, tocándose el yeso.

—Pues trata —dijo Dylan—, porque la babá de Kristen va a explotar si...

Chris dio un suspiro y se pasó los dedos por el cabello crujiente debido a la gran cantidad de gel que se había puesto.

—Suénate la nariz —dijo Massie, agitando una servilleta rosa frente al rostro de Dylan—. La tienes húmeda.

Dylan le pasó su plato a Alicia y se sonó la nariz en la servilleta antes de lanzársela a Massie.

—¡Puf! —exclamó Massie, saltando hacia atrás, viendo la servilleta caer en el pulido piso de madera del gimnasio. No podía dejar de reírse, viendo a Dylan correr en tacones altos y a Chris cojear a su lado.

—¿A dónde se fue Josh? —preguntó Alicia, buscándolo con la mirada por todo el gimnasio—. Estaba aquí con un plato lleno de galletas.

—No sé —contestó Massie.

Derrington correteaba a Nina por la pista de baile, tratando de lazarla con su corbata a rayas azules y rojas. Finalmente, se detuvo cuando se acercaron Todd y Nathan. Derrington fulminó a Todd con la mirada y abandonó la pista. Massie hubiera querido estar más cerca para escuchar lo que Todd decía, pero lo que fuera pareció dar resultado. En unos segundos, con la mano en la espalda de Nina, Todd la conducía hacia una mesa desocupada. Con una servilleta de tela roja que tapaba un plato repleto de galletas, Todd limpió la silla para que Nina se sentara. Ella sonrió agradecida y le dio palmaditas a Todd en la cabeza. Él soltó una risita y se arrodilló para quitarle lentamente los zapatos dorados, como si fuera un príncipe en un cuento de hadas. Massie no pudo evitar sonreír. Incluso siendo un ingenuo, Todd tenía estilo cuando quería.

—Ahora, Nathan —se dijo Massie—. Toma los zapatos y tráemelos. Ándale, ándale, chiquitín... ¡Sí!

Nathan se acercó en silencio a la silla de Nina, tomó cautelosamente los zapatos por los tacones, y se los metió dentro de sus mallas negras. Luego cruzó el gimnasio gateando hasta llegar a los pies de Massie.

—¡Dios mío! Te tomaste muy en serio eso de ratoncito, ¿verdad? —dijo Massie.

Nathan arrugó la naricita y emitió dos chillidos.

Massie metió la mano en su bolso y sacó una minisierra.

—¡Dios mío! ¿Dónde la conseguiste? —exclamó Alicia.

—Bueno, la "tomé prestada" del papá de Claire. Él es el único papá en Westchester que tiene su propia caja de herramientas.

Massie se agachó para mirar a Nathan directamente a los ojos, quien seguía actuando como un ratón.

—Ahora métete debajo de una mesa y serrucha la mitad del tacón de un zapato. Cuando termines, deshazte del "arma", y entrégale de inmediato los zapatos a Todd. Dile que se los vuelva a poner, pero no la dejen ponerse de pie antes de que la llamen al estrado. ¿Okey?

Nathan dio otros dos chillidos y asintió. Luego desapareció rápidamente bajo un mantel rojo.

—Listo —suspiró Massie.

—Listo —confirmó Alicia.

—Y listo—dijo Massie.

De pronto, el DJ bajó el volumen de "Since U Been Gone" de Kelly Clarkson y la directora Burns comenzó a hablar desde el pequeño estrado redondo que habían construido especialmente para ese evento.

—¿Se están divirtiendo? —preguntó, tratando de sonar entusiasta, pero no le salió como pregunta sino más bien como afirmación.

—Mejor me voy —dijo Alicia—. El espectáculo va a comenzar.

—¿Estás preparada? —preguntó Massie.

—Estoy lista —contestó Alicia—. ¿Dónde está Claire?

—Aquí —gritó Claire, corriendo hacia ellas. Se detuvo a su lado, ya sin aliento—. Lo siento.

—¿Besaste a Cam? —Massie deseaba que la respuesta fuera negativa. No soportaba la idea de que Claire pudiera tener más experiencia que ella en cualquier cosa que no fuera Keds y dulces.

Claire sacudió la cabeza negando.

—Lo siento —mintió Massie.

—Se escapó en cuanto me vio —dijo Claire, volteando hacia otro lado para secarse las lágrimas—. Estoy segura de que se está riendo de esto con Nina ahora mismo.

—Alégrate —dijo Alicia, dándole palmaditas en el hombro—. El desquite ya está en camino. Deséenme suerte; llegó la hora.

Les hizo una seña de despedida y, por primera vez desde que eran amigas, Massie vio correr a Alicia. Arrastraba los pies como si estuviera caminando en la Luna, pero en realidad iba rápido.

—¡Buena suerte! —gritaron Massie y Claire.

Una vez que la perdieron de vista, comenzaron a abrirse paso hacia el estrado. Mucho dependía de los próximos cinco minutos y no se querían perder nada. A Massie se le empezaron a humedecer la palma de las manos. Ésta era la primera vez que ella no estaba en completo control del plan de desquite, y se preguntaba si Alicia tendría agallas como para llevarlo a cabo. Si no lo lograba, seguramente las expulsarían de la escuela.

—Es el momento de presentar el Premio Cupido de este año —anunció la directora Burns. La multitud gritó y aplaudió con entusiasmo.

—¿Está todo listo? —le preguntó a uno de sus regordetes asistentes que estaba junto a la puerta del gimnasio.

Seguramente la respuesta fue negativa, porque la directora Burns cerró los ojos y sacudió la cabeza en frustración. Luego comenzó a hablar sin parar de la historia del premio Cupido, probablemente para matar el tiempo.

Finalmente, la directora Burns recibió la señal que esperaba, y dejó de hablar acerca de la primera pareja que recibió el premio Cupido en 1958. Un reflector llamó la atención del público hacia las puertas laterales del gimnasio. Se escuchó música de arpa, y las puertas se abrieron dejando entrar un carruaje jalado por un caballo blanco. Alicia era la única pasajera. Parecía Cenicienta, sonriendo y saludando a la multitud envidiosa.

El jinete tiró de las riendas y detuvo el carruaje a pocos pies del estrado.

—Qué mal jinete —le susurró Massie a Claire al oído—. Yo pude haber acercado más el carruaje al estrado.

Claire soltó como una risita ahogada por la nariz, pero no movió los labios.

—¿Sigues pensando en Cam? —preguntó Massie.

Claire se encogió de hombros.

—Debes coquetear con otro chico; sólo así lo vas a olvidar.

—Lo voy a pensar.

El jinete se bajó del caballo y le ofreció la mano enguantada a Alicia. Ella la rechazó, porque en los brazos llevaba un objeto de forma irregular cubierto con una tela blanca de satén. Todos se quedaron sin aliento pensando que era el codiciado premio Cupido.

—Y para anunciar a la pareja ganadora, aquí tenemos a Alicia Rivera —dijo la directora Burns, señalando a Alicia—, la reportera de la OCD.

—¡Guapa! —gritó alguien. Todos se rieron y aplaudieron. Alicia les lanzó un beso al aire y creció el griterío.

La directora Burns le dio a Alicia un sobre dorado, esperando que le entregara ese molesto objeto. Cuando la directora Burns intentó alcanzarlo con sus escuálidos brazos, a Massie le pareció que todo sucedía en cámara lenta.

—Alicia, no se lo des a ella; no se lo des —Massie deseó que Alicia captara su mensaje telepático—. No se lo des a ella...

—¡Sí! —exclamó, cuando Alicia ignoró a la directora y se las arregló para abrir el sobre con los dientes.

Al abrirlo, cayó una lluvia de chispitas brillantes que casi la ahogaron. Aunque escupió un par de veces, le quedaron unas chispitas brillantes en los labios.

El DJ puso un CD con redoble de tambor, al tiempo que bajaba la intensidad de las luces. El reflector de luz blanca sólo permitía ver el estrado.

—La afortunada pareja, que será transportada al estacionamiento en este hermoso carruaje, e irá abrazada llevando el premio Cupido de este año es...

Massie cerró fuertemente los ojos. Sabía que no había forma de que ella ganara. Ni siquiera tenía pareja, pero de cualquier manera se imaginó que Alicia decía su nombre. Quizás cambiaron las reglas este año, sólo para ella, o quizás todo esto era una broma de un nuevo programa de MTV y, en realidad, ella había ganado. Tal vez por eso Derrington se había comportado de una manera tan extraña.

—Por su sensacional temporada en la cancha de fútbol y por sus a-do-ra-bles rodillas, Derrick Harrington —gritó Alicia en el micrófono.

Derrington saltó al estrado y les dio la espalda a sus admiradores. Se quitó su blazer rojo, lo sacudió hacia la multitud entusiasmada, y se bajó los shorts para mostrar el famoso vaivén de sus asentaderas. La directora Burns se paró frente a él hasta que se subió los shorts y se dio vuelta.

—¿Estás bien? —le preguntó Claire a Massie.

—Perfectamente —mintió Massie—. Ya me olvidé de él; es demasiado infantil. Lo juro —dijo, sintiendo la mirada penetrante de Claire.

Alicia sacó la estatua dorada de Cupido de debajo de la tela de satén. Se la entregó a Derrington, quien la levantó sobre su cabeza, como si acabara de ganar la Copa Mundial.

—Y ahora, para la chica que ustedes, las alumnas de la OCD y los alumnos de la Academia Briarwood, escogieron para ser su pareja... —dijo Alicia.

Nina saltó de la silla, hizo a un lado a Todd y a Nathan y empezó a abrirse paso hacia el estrado.

—En el corto tiempo que ha estado en la OCD ha logrado robarse sus corazones...

Nina sonrió ampliamente.

—En realidad, ella se las ha arreglado para robarse todo lo que no estaba firmemente clavado —continuó Alicia.

Entonces, con un movimiento rápido tomó la tela de satén y la dejó caer al piso. En los brazos tenía una fuente plateada en forma de barco, que había tomado de la despensa de su casa.

Nina obviamente no había entendido la indirecta de Alicia, porque seguía saltando y saludando a todos. Los senos parecían querer escapárseles de la camisita de raso, y cuando el seno izquierdo estaba a punto de asomarse, se le rompió el tacón y se cayó de asentaderas. Quedó con las piernas abiertas, y las deslumbrantes luces brillaron directamente en sus pantalones negros de harem.

—¡Huy! Sus pantalones son totalmente transparentes —dijo Claire, apretando la muñeca de Massie, al mismo tiempo que recorría con la mirada el gimnasio para ver si alguien más lo había notado—. Mira, todos la están señalando.

—¡Dios mío! —exclamó Massie.

—Si eso no les causa asco a los chicos, nada lo hará —dijo Claire, riéndose por primera vez en toda la noche.

Nina le hizo señas a Derrington con el brazo, esperando que la ayudara a levantarse. Sin embargo, él no demostraba ningún interés en Nina ni en lo que le estaba sucediendo. Estaba muy ocupado moviendo el trasero y bailando en el estrado, divirtiendo a sus amigos del equipo de fútbol.

Finalmente, Nina rodó hacia un costado y logró levantarse. Pero se volvió a caer en cuanto se puso de pie.

—El pequeño Nathan es bueno con la sierra —dijo Massie.

El público observaba con pena la escena, cubriéndose la boca, sacudiendo la cabeza y tratando de no burlarse de Nina. No obstante, en unos pocos segundos, todos habían perdido el control, y de pronto todo el gimnasio se llenó de carcajadas histéricas.

Alicia era la única que no estaba afectada por la reacción del público. Estaba concentrada en seguir con la ceremonia de entrega del premio Cupido.

—Por eso, Nina —continuó—, queremos honrarte a ti y el tiempo que has pasado en la OCD, entregándote el montón de cosas que les has robado a las demás.

Alicia dejó caer el contenido del barco de plata sobre la cabeza de Nina. El candado de la bicicleta de Kristen, el estuche de lápices Chococat de Natalie Nussbaum, la pluma Montblanc roja de la maestra Beeline, y el llavero Kipling en forma de mono de Jessi Rowan cayeron sobre Nina, como el contenido de una piñata que se acabara de romper.

Frunciendo el ceño, Nina volteó el rostro hacia Alicia,

buscando una explicación en el rostro de su prima.

—¡Sí! —exclamó Massie, alzando un puño—. La desenmascaramos.

—¿Qué te parece tu sexy novia española ahora? —preguntó Massie, buscando alguna reacción en el rostro de Derrington.

—¡Eh! Ése es mi llavero —gritó Jessi, abriéndose rápidamente paso hasta el estrado, y acomodándose los lentes redondos sobre la nariz—. ¡Dámelo!

Una turba de niñas enojadas la siguió, amenazando con los puños con mandar a Nina de regreso a España.

La directora Burns abrió los brazos como un ave en vuelo y se abalanzó sobre Jessi.

—No usemos violencia —gritó la directora, sujetando a Jessi con brazos que parecían alambres, tratando de separarla de Nina. Jessi se negaba a soltar la cola de caballo de Nina.

—¡Nina! —gritó la directora Burns, mientras trataba de controlar a Jessi, que pataleaba como potro salvaje—, ¿son ciertas estas acusaciones?

Antes de que Nina pudiera responder, la directora Burns cayó sobre Jessi y las demás chicas furiosas cayeron sobre ellas, tratando de acercarse a Nina. La Sra. Gregory y el resto de las chaperones se aproximaron al zipizape.

Finalmente, Jessi mordió a la directora Burns en el brazo, lo que debió haber sido como morder una alita de pollo medio cruda. La directora Burns lanzó un chillido y Jessi la soltó.

—¡Llamen al Sr. Rivera! —gritó Nina, pateando para sacarse los zapatos y ponerse de pie. La Fresa y Kori corrieron hacia los zapatos abandonados y se pelearon por quedarse con ellos.

—¡Necesito un abogado! —gritó Nina, saltando del estrado y corriendo lo más rápido que pudo hacia la salida. Jessi y el resto de la turba la seguían de cerca.

—¡Por fa-voor! Como si mi papá te fuera a representar —gritó Alicia en el micrófono. Luego miró hacia el techo y gritó—:¡Ahora, las fotos!

Chasqueó los dedos y cayeron cientos de fotos como confeti. Eran copias a color de las espantosas fotos de Nina del álbum de Alicia. Todos se quedaron sorprendidos, como si estuvieran viendo la primera nevada de la temporada.

—Hay diez espantosas fotos de Nina —anunció Alicia—. Tenemos: "Frenos y barritos", "Peinado afro", "Mis pantalones me quedan cortos", "¿Son tetas o ampollas?", "Sí, mi sudadera tiene caritas sonrientes", "¡Auxilio! Los chicos me están lanzando lodo al rostro", "Hasta los perros creen que soy aburrida", "Pantaletas de abuelita" y mi favorita, "Sandalias con calcetines".

Todos corrían por el gimnasio tratando de atrapar el mayor número de fotos.

Ahora Massie podía sonreír. Todo estaba saliendo a la perfección. Miró de reojo a Derrington, y él hacía lo mismo. Massie sintió un escalofrío cuando sus miradas se cruzaron, y rápidamente desvió la mirada.

—¡Oh! ¿Dónde está Nina? —le preguntó Massie a Claire. Su propia voz le parecía desconocida y distante, como si algo dentro de ella hubiera hecho la pregunta y la hubiera contestado. Como si ese algo supiera que Massie seguía analizando su intercambio de miradas con Derrington, y quería seguir deteniendo el tiempo unos segundos más.

—Allá —dijo Claire, señalando las puertas del gimnasio.

Nina tenía la mano en el picaporte, y parecía que era lo único que impedía que se cayera. Con la mano que tenía libre atrapó en el aire una foto, la examinó de cerca y escondió el rostro en el hombro.

—¿Cuál estará viendo? —le preguntó Massie a Claire.

—Espero que sea "Peinado afro" —dijo Claire—. Es la peor de todas.

Nina comenzó a temblar.

—Sí, seguramente es "Peinado afro" —dijo Claire, sonriendo—. A mí también me haría llorar.

—Yo me volvería loca con "Frenos y barritos" —opinó Massie.

—¡Coleccionen las diez fotos! —gritó Alicia, como si estuviera en una feria—. Intercámbienlas con sus amigos. Hasta podrían...

Pero el entrenador de fútbol del equipo femenino le quitó el micrófono antes de que pudiera terminar, y la echó del estrado.

Massie levantó las manos en alto para aplaudir a Alicia. Ella hizo una reverencia y soltó una risita.

De pronto, Nina levantó la cabeza horrorizada, como si le acabaran de avisar de un examen sorpresa. Jessi y su furiosa turba estaban frente a ella, con puños amenazantes. Nina rompió la foto y arrojó los pedazos al rostro de Jessi. Cuando Jessi se disponía a darle un puñetazo, comenzó a sonar la alarma de incendio.

Todos dejaron de hacer lo que estaban haciendo, y se pusieron a buscar con la mirada dónde era el incendio; pero todo lo que vieron fue a Josh Hotz correr en círculos, gritando:

—¡Bomba! ¡Bomba! ¡Salgan! ¡Tiene una bomba! —señalaba a Kristen, quien estaba de pie en la parte de atrás del gimnasio con Kemp Hurley.

Nina abrió la puerta del gimnasio. Salió rápidamente, empujando la puerta con la intención de cerrársela en la cara a Jessi. En vez de perseguirla, Jessi regresó al gimnasio a ver el asunto de la bomba de Kristen.

Los chicos del equipo de fútbol se subieron al estrado para ver la acción desde arriba. Por sus risas, era obvio que pensaron que Josh había hecho otra de sus travesuras con la alarma de incendio. Sin embargo, los maestros y chaperones insistieron en evacuar.

El DJ comenzó a tocar "The Roof Is On Fire", hasta que la directora Burns ordenó que parara la música y que todos salieran de inmediato. Nadie obedeció. Las chicas se dirigieron tranquilamente a sus mesas a recoger sus bolsos, mientras que los chicos asaltaron la mesa del bufé y se llenaron los bolsillos con galletas.

—¡Todo el mundo, afuera! —gritó la directora Burns en el micrófono.

Quince minutos después todos estaban en el prado, tratando de imaginarse qué pasaba con Kristen Gregory en el coche de la patrulla policial, y por qué habría querido hacer volar la escuela.

—Parece como si todavía estuviéramos en el baile —dijo Massie, mientras las luces azules y rojas de las patrullas centelleaban por entre el gentío. Massie, Alicia y Claire estaban sentadas en el frío césped bajo el roble favorito de Massie.

Claire y Alicia soltaron una risita.

—Sigo sin entender por qué le echan la culpa a Kristen —dijo Alicia.

—Escuché que Josh oyó a Dylan decir que se quería alejar de Kristen y de su bomba —dijo Massie, encogiéndose de hombros.

—¿Por qué habría inventado... —Claire interrumpió a Alicia.

—¡Ah! —exclamó Massie—. Dylan le estaba diciendo a Chris que tenían que escaparse de la mamá de Kristen, pero con el catarro dijo "babá" y con tanto ruido, mucha imaginación y un poquito de malicia, Josh dice haber escuchado "bomba".

—Por supuesto, Josh tenía que ponerle emoción al baile.

—¡Así fue! —dijo Massie.

Claire y Alicia obviamente no supieron cómo reaccionar, porque tenían una expresión entre querer reírse y haberse quedado sin aliento.

—¡Dios mío! —se preguntó Alicia—. ¿Debemos decir algo?

—Demasiado tarde, ya estoy "breli".

Las chicas corrieron hacia Kristen, y la revisaron de pies a cabeza para asegurarse de que estaba bien.

—¿Te lastimaron? —preguntó Kristen.

—No, sólo me hicieron muchas preguntas, hasta que mi mamá los amenazó con demandarlos. Ahora están hablando con Josh. Creen que quiso hacer otra broma. ¡No lo soporto!

—Creo que con quien debes estar molesta es con Dylan —dijo Massie.

—¿Por qué? ¿Besó a Chris Plovert?

—No sé —respondió Massie—. ¡Eh! ¿Ha visto alguien a Nina?

—Escuché que se la llevaron los guardias de la escuela —dijo Alicia.

Massie, Claire y Alicia chocaron las palmas en alto.

—Así que… ¿besaste a Kemp? —preguntó Claire.

—¡Dios mío! Tú estás obsesionada con los besos —dijo Massie.

—Sólo tengo curiosidad.

—"Depue" que sí, "depue" que no.

—¿Qué quieres decir con 'puede'? —preguntó Claire—. ¿Lo hiciste o no?

Kristen se encogió de hombros y sonrió.

—¿Dónde han estado? —preguntó Dylan, jadeando—. Las estuve buscando por todas partes. Deberíabos tener un punto de reunión para los casos de evacuación de ebergencia.

—Lo tenemos —dijo Massie—. ¡Es éste!

—¡Oh! Sí, por supuesto. Creo que be está volviendo a subir la fiebre —dijo Dylan, limpiándose el leve sudor de la frente.

—¿Dónde estabas? —le preguntó Kristen a Dylan con curiosidad.

—En el asiento de atrás del auto de Chris. ¿Y tú?

—En el clóset de artículos de limpieza, con Kemp.

—¿Quién ganó la apuesta? —preguntó Claire.

—Obsesionada… —dijo Massie.

—Sólo quiero saber si, por lo menos una de nosotras besó en este estúpido baile —dijo Claire, arrancando césped y arrojándolo a sus pies.

—¿Dónde está Nina? —preguntó Dylan—. Ella debería ser la pribera en saber.

Massie buscó signos en el rostro de Dylan que mostraran si en realidad había besado a Chris, o si sólo trataba de cambiar de conversación. Era difícil saberlo. Sólo parecía enferma.

—A Nina se la llevaron los guardias —dijo Alicia.

—¡Cóbo! —dijo Dylan—. ¿Por qué?

—Tu queridísima Nina es una criminal y una impostora de diseñadores, por eso —dijo Massie—. Les robó esas botas a sus hermanas. Así que aunque tú hubieras ganado la apuesta, no te podrías quedar con ellas.

—¡Lo sabía! —gritó Kristen, aunque obviamente mentía. Sacó su propia ropa sin gracia de la bolsa Club Monaco, y se la puso sobre el vestido Diane von Fustenberg de seda de chifón que le había prestado Massie—. ¡Qué bueno que ya pasó todo eso! —exclamó.

—¿Qué significa eso? —preguntó Dylan—. ¿Significa que perdiste?

—¿Perdiste tú? —preguntó Kristen.

—¿Y tú?

—¿Tú?

—Yo pregunté pribero —dijo Dylan.

—Bueno, estábamos por besarnos cuando comenzó a sonar la alarma y tuvimos que salir —dijo Kristen, poniéndose su suéter blanco de cuello de tortuga—. ¿Y tú?

—Igual —Dylan parecía tranquila.

—Pero tú estabas afuera, en el auto —se entrometió Massie.

—Sí, ya sé, pero podría haber sido una bomba en un auto —dijo Dylan.

Todas soltaron una carcajada y Massie se sintió alegre por primera vez en semanas. Ahora que ya no estaba Nina, Kristen y Dylan dejarían de actuar como seres extraterrestres, sedientos de amor. Habían vuelto a ser las mismas de antes, y eso era casi tan bueno como ganar el premio Cupido... Casi.

Massie se cubrió la cabeza con su nuevo pañuelo verde con rayas doradas para que Derrington pudiera reconocerla desde la cancha de fútbol. Ponerse los colores del equipo de la Academia Grayson en la final, en vez de los colores de Briarwood, era lo menos que Massie podía hacer para vengarse de él por haberle partido el corazón y privarla de ganar el premio Cupido.

Realmente no quería estar sentada en esta nublada y fría tarde de sábado vitoreando a esos chicos, que habían intentado humillarla a ella y a sus amigas durante las últimas dos semanas. Sin embargo, su mamá la había obligado a ir para animar a Todd con su fas-ti-dio-sa tuba. ¿Cuándo iba alguien a animarla a *ella*?

—Massie, ¡no! —dijo Claire, deteniéndose al bajar por los escalones de concreto del estadio.

—¿Qué te pasa? —le preguntó Massie.

—No me voy a sentar tan cerca de la cancha. ¿Qué tal si Cam me ve?

—Ésa es justamente la idea —dijo Massie, pellizcando las pálidas mejillas de Claire para darles color—. Déjalo que vea cómo te diviertes sin él.

—¿Y si cree que lo estoy acechando?

—Si él te mira, mira hacia otro lado, y no te olvides de sonreír —le aconsejó Massie—. Siempre debes dar la impresión de que te estás divirtiendo.

—No puedo creer que nunca me vaya a dar un beso —suspiró Claire.

—Alguien te lo dará —le aseguró Massie—, aunque tal vez no sea Cam.

Claire bajó la mirada, y Massie trató de pensar en algo más positivo que decir. Subió dos escalones para acercarse a Claire y le puso el brazo sobre los hombros.

—Fíjate en los chicos que hay aquí y elige uno. Imagínate que estamos aquí para conseguir chicos. Eso es lo que estoy haciendo yo. El baile de primavera será muy pronto y no pienso ir sola.

—Okey, podría ser divertido —dijo Claire con los ojos fijos en los de Massie.

—Absolutamente —dijo Massie—. No te olvides de sonreír; tenemos que demostrarles que nos importa un bledo lo que nos hicieron.

—Okey —contestó Claire, esforzándose por sonreír antes de seguir a Massie hasta donde estaban sus amigas.

—Siento llegar tarde —dijo Massie, pasando junto a Kristen y Alicia. Se habían sentado en primera fila, justo arriba de los vestidores de Briarwood—. Tuvimos que empacar las cosas de Claire; hoy vienen los de la mudanza.

—¿Estás emocionada por mudarte a tu nueva casa? —le preguntó Kristen, cuando Claire le pasaba por encima para llegar a su asiento.

—Estoy emocionada porque ya no tendré que dormir en la bañera de Massie —contestó Claire.

Alicia y Kristen miraron a Massie, preguntándose si Claire

estaba bromeando, pero Massie tenía la mirada fija en el partido, fingiendo no darse cuenta. Derrington estaba en el arco, mordiéndose la uña del pulgar sin quitarle los ojos a la pelota.

—¿Qué te pusiste? —le preguntó Kristen a Massie, algo irritada.

—Lo mismo estaba yo por preguntarte—contestó Massie, con disgusto. Kristen nuevamente llevaba, de pies a cabeza, los colores de los Tomahawks de Briarwood. Si aún hubiera tenido el cabello largo, hubiera dado la impresión de ser un marimacho elegante; pero como no salían mechones rubios de la gorra, parecía un jugador.

—Por lo menos demuestro solidaridad con el equipo. En cambio, parece que tú apoyas al otro equipo.

—Así es —dijo Massie, echándose hacia atrás, mientras se embadurnaba los labios con el nuevo y delicioso sabor Caramel Fudge Sundae de Glossip Girl. Le pasó el tubo a Claire, animándola a ponérselo.

Kristen dijo algo entre dientes y se cruzó de brazos; no podía agregar nada más a esa conversación.

—Éste huele mag-ní-fi-co —le dijo Alicia a Massie.

—Sí —dijo Massie—, ya empezaron a enviar de nuevo buenos sabores.

—A lo mejor tu suerte está cambiando —dijo Claire, entregándole el tubo.

—No parece —dijo Massie, justo en el momento en que Derrington detenía otro gol.

—Fíjate —dijo Massie, poniendo cara de fastidio. El público saltaba y vitoreaba con entusiasmo.

—Detener un gol es algo fantástico —dijo Kristen, mirando

a Massie, que era la única que permanecía sentada.

—Ojalá la pelota le hubiera dado en el rostro —dijo Massie.

Todas se quedaron mirándola horrorizadas.

—¿Qué? —preguntó inocentemente Massie, frotando la *M* del prendedor de piedras preciosas moradas falsas que lucía en la solapa de su abrigo Michael Kors blanco.

—Retira lo que dijiste —dijo Kristen.

Sin embargo, Massie se negó a pedir disculpas. Después de todo, Derrington la había herido primero.

—¿Llegó finalmente Nina anoche a tu casa? —preguntó Massie, cambiando de tema. Estaba cansada de que la miraran como si fuera una asesina en serie.

—Cuando regresé a casa, ella ya tenía su boleto de avión y las valijas hechas —dijo Alicia, riéndose entre dientes—. Esta mañana la llevamos al aeropuerto, y sus furiosas hermanas la van a recoger cuando llegue.

—Listo —dijo Massie.

—Listo —dijo Alicia.

—Y listo —dijo Claire. Sonriendo, las chicas chocaron las palmas en alto.

En ese momento, Cam miró hacia las tribunas. Cuando descubrió a Claire, sonrió tímidamente, pero ella desvió la vista.

—Lo hiciste muy bien —aprobó Massie—. ¡Perfecto!

—Genial —dijo Claire, sonriendo, aunque sus ojos la desmentían.

—Ahora saluda a cualquier otro jugador cuando Cam esté mirándote —dijo Massie.

Justo entonces Josh Hotz la miró, y Claire lo saludó con un ademán de la mano. Josh sonrió y le devolvió el saludo.

—¡Muy bien! —Massie admiró la seguridad de Claire con respecto a los chicos.

—¡Genial! —Alicia puso cara de fastidio y le dijo a Claire—: ¿por qué no tratas de conquistarlo, ahora que Nina ya no está? Yo ya me di cuenta de que no le gusto.

—¿De veras? —le preguntó Claire—. ¿Ya no te importa?

—¡Oh!, seguro, ¿por qué no? —afirmó Alicia, haciendo con las manos un ademán de desinterés.

Claire jaló los cordones de la capucha y se los ajustó tanto que se le oprimió el rostro y se le juntaron las cejas.

—Ustedes van a congeniar mucho —dijo Alicia—. A él le encanta Kenny, de *South Park*.

Claire se quitó la capucha y puso cara de fastidio.

—Mira —dijo Massie—. Josh no te quita los ojos de encima. Mi consejo dio resultado.

—¡Me alegro por ustedes! —dijo Alicia, poniendo cara de fastidio.

—¿A quién le hacen falta los consejos de Nina cuando tenemos a Massie? —dijo Kristen.

—He tratado de decírselos a ti y a Dylan durante semanas —dijo Massie.

—Entre paréntesis, ¿dónde está Lydan? —preguntó Kristen.

—Estará en cama por un buen rato —dijo Massie, abriendo su celular. Fíjense en el mensaje que me envió.

DYLAN: NO PUEDO IR AL PARTIDO. ME ARD LA GARGANTA. NO PUEDO COMER. ¿Q T PREC? YA ME SIENTO MÁS LIVIANA. Q T DIVIER-TAS. ☺

—Pero si ni está tan gorda —dijo Alicia—. Juro que puede ser tan…

El ruido sordo que llegó de la cancha les hizo prestar atención al partido. En cuanto vio lo que había ocurrido, Massie se cubrió la boca con las manos, y se dio vuelta, dándole la espalda a Kristen.

—A Derrington le pegaron en el rostro —exclamó Kristen, saltando de su asiento para poder ver mejor. Derrington estaba echado de espalda en el césped frente al arco, frotándose la nariz y retorciéndose de dolor.

—Tú lo deseaste —le dijo Kristen a Massie—. Tú tienes la culpa.

—No fui yo —negó Massie, preguntándose si ella realmente era culpable.

—Sí, fuiste tú —le gritó Kristen—. Ahora vamos a perder por culpa tuya. Eres como una bruja.

—Cálmate —le dijo Massie, haciendo un ademán con la palma de la mano, tratando de detener a Kristen.

—Bruja —repitió Kristen, poniéndose el gorro para cubrirse el cabello.

—Marimacho —le gritó Massie.

—Bruja.

—Marimacho.

Dos árbitros sacaron a Derrington de la cancha y lo sentaron en una banca. Aunque se tambaleaba, era evidente que iba a sobrevivir.

¡Eh!, tú, número 22 —gritó el entrenador, saltando y agitando los brazos.

—Kristen, creo que te está hablando a ti —dijo Alicia.

—¿Cómo?

—¿Qué estás haciendo allá arriba? —gritó—. ¡Baja! Te necesitamos.

—¡Increíble! —dijo Kristen, entre dientes—. Ese estúpido cree que soy un chico.

—No te enojes. Creo que es el atuendo, no el corte de pelo —Massie se sintió mal por haberla llamado varón—. Pero tú *tienes puesto* el uniforme de ellos. No te lo tomes a pecho.

—¿Enojarme? ¡Estoy emocionada! —dijo Kristen, dejando caer su bolsa Juicy Couture de terciopelo rosa y negra en el regazo de Massie—. Cuídame esto.

—¿Estás segura? —le preguntó Massie.

—Segurísima —dijo Kristen, guiñándole un ojo—. Es cuestión de varones; no entenderías. Saltó la cerca y corrió hacia la cancha agitando los brazos como si le diera puñetazos al aire por encima de la cabeza.

—Adoro mi corte de cabello —les gritó a sus amigas.

El público la aclamó. Ahora Massie también se puso de pie. El arquero era ahora el jugador número 14, y Kristen lo reemplazó en la cancha. Finalmente, el partido se ponía interesante.

Cuando sonó el silbato de medio tiempo, la Academia Grayson ganaba 1 a 0. El jugador número 17 había metido un gol, a pesar del extraordinario esfuerzo de Kristen por evitarlo.

—Por algo lo llaman "piernas relámpago" —anunció el comentarista.

Cuando empezó el espectáculo de medio tiempo, Massie no pudo evitar reírse al ver a Todd marchando por la cancha. La correa del sombrero que debía estar en la barbilla le presionaba la nariz, de modo que, cuando Todd movía la tuba, ésta se desviaba y golpeaba a los compañeros que tenía al lado.

—¡Qué baboso! —dijo Claire.

—Hablando de babosos... —Massie se fijó en la pantalla de su celular que vibraba—. Derrington me acaba de enviar un mensaje. La voz de Massie era extrañamente tranquila.

—¡Dios mío! ¿Qué dice? —Claire sonaba diez veces más emocionada que Massie—. ¿Está con Cam?

Massie se mordió el labio inferior, entrecerró los ojos y sacudió la cabeza.

—Perdón; no hago más preguntas.

—Gracias —dijo Massie, guardando el celular en el bolsillo de su abrigo.

—¿No lo vas a leer? —le preguntó Alicia.

—No —dijo Massie—; eso ya se acabó.

—Eres muy fuerte —dijo Claire, y Alicia asintió con la cabeza.

La verdad era que Massie temía lo que podría decir el mensaje. Derrington podría querer el número del celular de alguien o el nombre de un buen peluquero. Y ella se sentiría más confundida y herida de lo que estaba, y no quería que hubiera testigos. Podía esperar hasta regresar a casa.

De pronto, Alicia comenzó a reírse sin control.

—¿Qué te hace tanta gracia? —le preguntó Massie; pero Alicia estaba demasiado ocupada revisando el celular de Massie.

—"Massie, ven detrás de las tribunas del equipo visitante tan pronto como puedas" —leyó Alicia.

A Massie el corazón empezó a latirle más rápido y se le humedecieron las manos. No sabía si era una reacción al mensaje de Derrington, o al hecho de que Alicia le había sacado el celular y leído el mensaje sin su permiso. Todo lo que sabía era que quería pegarle a Alicia y abrazarla al mismo tiempo.

—¿Qué puedo decir? —dijo Alicia, encogiéndose de hombros—. Supongo que robar es una tradición familiar.

—Déjame ver eso —Massie le arrebató el celular. Claire se acercó para ver y leyeron de nuevo el mensaje.

—Tienes que ir; necesitamos una explicación.

—Hazlo sufrir —dijo Alicia—. No te merece.

Massie no sabía qué hacer, pero estuvo de acuerdo con ambas.

—¿Dónde están los corazoncitos? —le preguntó a Claire.

—No hay más; me los terminé hace mucho tiempo. Pero, de cualquier forma, no funcionan.

De pronto, a Massie le parecía que la banda de guerra tocaba más fuerte, como si quisiera impedirle que tomara la mejor decisión. No podía pensar con claridad, especialmente con las miradas de Alicia y Claire fijas en ella.

—Ya sé —dijo Claire—. Voy a lanzar una moneda al aire. Si sale cara, vas; si sale cruz, no vas.

—Okey —Massie estuvo de acuerdo.

Claire lanzó la moneda al aire. Se quedaron mirando la moneda hasta que cayó en la palma de la mano de Claire.

—Que sea cruz —dijo Alicia.

"No le presten atención", les rogó Massie en silencio a los dioses de las monedas.

Cuando la moneda cayó en su palma, Claire la cubrió con la otra mano.

—¿Qué fue? —Massie y Alicia miraron a Claire, alentándola a mirar.

—Cara —dijo Claire, mirando a hurtadillas la moneda y metiéndosela rápidamente en el bolsillo.

Massie se dio cuenta de que Claire mentía, porque se sonrojó y miró hacia el suelo.

—Bueno, entonces tengo que ir —dijo Massie, poniéndose de pie—. ¿Cómo me veo? Se quitó el pañuelo con los colores de Grayson y lo dejó caer en el regazo de Claire.

—Perfecta, como siempre —le aseguró Alicia.

—Como de costumbre, tienes razón —Massie sonrió y les dijo adiós con un ademán de la mano. Se dio vuelta y saltó los escalones de dos en dos.

Se detuvo a poca distancia de las tribunas del equipo visitante para verse el maquillaje y el cabello. Tenía las mejillas sonrosadas por el frío y el cabello brilloso, sin ningún rizo. "Le voy a romper el corazón", se dijo a sí misma, cerrando el estuche de maquillaje Chanel. "Le llegó la hora".

La escarcha había endurecido el césped, que crujía bajo los pies de Massie al dirigirse al lugar del encuentro con Derrington, bajo las tribunas. Con cada paso que daba, parecía que se le revolvía aún más el estómago. ¿Se veía tan nerviosa como se sentía? ¿Por qué la llamó? ¿Seguiría estando tan guapo ahora con la nariz rota?

—¿Mass? —murmuró él.

A Massie se le partió el corazón cuando lo vio. Parecía que hacía siglos desde la última vez que realmente observara su rostro. Era más guapo de lo que recordaba, incluso con la nariz hinchada y morada. Su cabello rubio, aunque desaliñado, le quedaba bien, y tenía las mejillas sonrosadas por el frío. La expresión de sus ojos castaños era dulce y amable, y en nada se parecía al travieso payaso con shorts que movía el trasero a la vista de los demás alumnos. Inmediatamente, Massie intentó endurecer su mirada para que Derrington no se diera cuenta de lo que estaba pensando.

—¿Parezco Bozo? —preguntó Derrington, tocándose suavemente la nariz, tan hinchada que hacía empequeñecer sus labios.

—Eso quisieras —dijo Massie, y Derrington se rió.

—¡Ay! —gritó, agarrándose la mandíbula con la mano.

Massie apretó los dientes para evitar sonreír. No quería demostrarle a Derrington que le encantaba que él se riera de sus chistes.

Cuando el público comenzó a rechiflar, Massie pensó que Grayson había hecho otro gol.

Derrington se fijó en sus zapatos Puma color café, y se frotó la frente hasta que los mechones húmedos le quedaron de punta.

¿Por qué le parecía tan encantador a Massie? En realidad, estaba más bien sucio.

—Ni siquiera valió la pena —Derrington jaló con fuerza las correas de la mochila que llevaba a la espalda.

Massie no tenía idea de qué estaba hablando él.

Cuando ella no contestó, él levantó los ojos sin alzar la cabeza.

—¿Qué? —Massie se dio cuenta de que sonaba impaciente, pero no le importó. Tenía derecho.

—¿Qué es lo que no valió la pena?

—El hechizo español —dijo Derrington en tono aburrido, como si Massie debería saber exactamente a qué se refería.

—¿Te van a llevar al hospital? —le preguntó Massie.

—No, ¿por qué? —le preguntó Derrington.

—Porque perdiste el juicio —dijo Massie.

Al sonreír, Derrington se apretó otra vez la mandíbula.

—Hablo del hechizo que Nina nos hizo a mí, a Cam y a Josh antes del partido —le explicó él.

Massie sacudió la cabeza.

—No podíamos hablar con nuestras… bueno, sabes, no podíamos hablar con ustedes antes del partido. Si lo hacíamos, perderíamos la final. Si no nos acercábamos a ustedes, ganaríamos. Es el mismo hechizo que usa Beckham.

—¿Cómo? —dijo Massie, porque no podía decir otra cosa. No lograba expresar lo que pensaba.

—Aparentemente, David Beckham no le habla a Posh Spice durante semanas antes de un partido importante. A él le resulta, pero a nosotros nos falló. Grayson nos está pateando el trasero —Derrington hizo una pausa—. Y a mí el rostro.

—¿De veras te creíste eso? —Massie no estaba segura de si quería abrazar a Derrington, o darle una bofetada por ser tan estúpido.

—¿Qué quieres decir? —le preguntó Derrington—. Nina dijo que tú, Claire y Alicia estaban de acuerdo.

—¡Oh!, seguro que estábamos… porque si le resulta a Beckham, entonces… —Massie no terminó de decir lo que pensaba. No había nada más que decir. De pronto todo tenía sentido.

—Con excepción de que a *nosotros* no nos dio resultado —dijo Derrington, quejándose. La expresión de sus ojos castaños era infantil y triste—. No sólo estamos perdiendo, sino que ahora que me sacaron del partido nunca me darán el distintivo de JMV, como "jugador más valioso".

—Y no pudimos estar juntos en el baile —dijo Massie, sin poder contenerse.

—Sip —dijo Derrington—. Eso fue lo peor.

Eso era todo lo que él tenía que decir. Massie sintió como si una corriente eléctrica le corriera por las venas, haciéndola sentirse intranquila y llena de vida al mismo tiempo.

—Por lo menos ganaste el premio Cupido.

—¡Oh!, claro —dijo Derrington, quitándose la mochila y dejándola caer. Metió la mano en la mochila y sacó la estatua dorada—. Casi me olvido. Esto es tuyo.

—¿De veras?

—Seguro.

—Gracias —dijo Massie, tomando la fría estatua de las manos tibias de él. Entonces se le desvaneció la sonrisa.

—¿Qué te pasa?

—Nada; es que... bueno, nadie sabrá que la tengo, y es como si no la hubiera ganado.

—Pero tú lo sabes —Derrington se puso la mano sobre el corazón—. ¿No es suficiente?

—Lo sería, si éste fuera el final de una película barata de Disney —dijo Massie.

Derrington se rió con la boca cerrada y Massie se dio cuenta de que le había dolido.

—¡Dios mío! Estoy bromeando, de verdad —mintió—. Por supuesto que es suficiente. Se quitó el prendedor *M* que llevaba en la solapa y se inclinó hacia Derrington. Sin importarle que estuviera sudado, le abrochó el prendedor en el jersey.

—¿Qué es esto? —preguntó Derrington, estirándose el jersey para poder ver el prendedor.

—Es tu distintivo JMV, aunque sin la *J* ni la *V*. Es mucho más atractivo que los aburridos distintivos plateados que les da el entrenador.

—Gracias —dijo Derrington sonriendo, sin tener que agarrarse la mandíbula con la mano—. Lo usaré toda la vida.

—¿Prometido? —preguntó Massie.

—Prometido —dijo Derrington.

Y ella le creyó.

En el instante que transcurrió entre que sus rostros se acercaron y sus labios se tocaron, Claire estuvo extrañamente consciente de sus pensamientos. "¿Debo inclinar primero la cabeza y luego cerrar los ojos? ¿O es al revés? ¿Cómo va a reaccionar Massie cuando se entere? ¿Cuántas veces me van a pedir que les cuente? ¿Me creerán? ¿Tendrán sus labios sabor a uva Big League Chew? ¿Tengo que sacar la lengua ahora? ¿Y si...?"

De pronto esas preguntas se desvanecieron, y Claire sintió como si el cuerpo se le estuviera llenando de miel caliente. Estaba presionando los labios contra los de Cam. Estaba sucediendo. Realmente estaba sucediendo.

No importaba que no estuvieran en el baile de San Valentín. No importaba que él fuera más bajo. Tampoco importaba que sus axilas olieran a chips de cebolla con crema agria, porque había jugado al fútbol durante dos horas. "Es mi primer beso", se dijo mentalmente, mientras él trataba de meter la lengua húmeda en la boca cerrada de ella. "Nada más importa".

En realidad, eso no era totalmente cierto.

De pronto, Claire sintió los pasos de alguien pisando el césped helado. Se apartó tan rápido que, cuando abrió los ojos se encontró mirando fijamente a Cam, tal como lo habían dicho los corazoncitos.

—

—¿Qué te pasa? —preguntó él, sin expresión y en tono apagado. Su voz le hizo recordar a Claire el anuncio "Tienes correo" de AOL.

—¡Oh!... —fue todo lo que pudo decir Claire.

—¡Eh!, Cam —dijo Josh Hotz, secándose los labios y metiendo las manos en los bolsillos de sus pantalones deportivos azules.

—De qué valió el hechizo del fútbol español —dijo Cam, mirándose sus zapatos Adidas; y agregó suspirando—: Y mis amigos. —Se dio vuelta y se alejó de Claire y de Josh arrastrando los pies y pateando el césped a cada paso.

—Cam, ¡espera! —gritó Claire—. ¿De qué hechizo estás hablando?

Cam empezó a correr, tal como lo había hecho en la "Caza romántica", pero esta vez Claire entendió por qué.